KB059755

변신 · 시골 의사

변신 · 시골 의사

프란츠 카프카 지음 | 이덕형 옮김

문예출판사

Die Verwandlung·Ein Landarzt

von Franz Kafka

차 례

변신

1

어느 날 아침 불안한 기분으로 잠에서 깨어난 그레고르 잠자는
자신이 흉측스런 벌레로 변해버린 것을 발견했다. 딱딱한 각질로
된 등을 대고 누워 있는 그는 고개를 조금만 쳐들어도 갈색의 불룩
한 마디마디로 나누어진 배를 볼 수 있었다. 그 배 위에는 금방이라
도 미끄러져 떨어질 것처럼 이불의 한 모퉁이가 가까스로 걸려 있
었다. 다른 부분에 비해 비참하게 가느다란 수많은 다리들이 그의
눈앞에서 속절없이 간들거렸다.

'이게 어찌 된 영문일까?'

그는 생각했다. 정녕 꿈은 아니었다. 좀 비좁긴 했지만 틀림없이
사람이 살 만하게 되어 있는 그 방은 사면이 낯익은 네 개의 벽으로
아늑하게 둘러싸여 있었다. 따로따로 묶은 옷감의 견본이 흩어져
있는 탁자 위쪽에는— 잠자는 영업 사원이다—그가 최근에 화보에

서 오려내 훌륭한 금박 액자에 넣어둔 그림이 걸려 있었다. 그 그림 속에는 털모자에 털목도리를 두른 부인이 똑바로 앉아, 팔목까지 푹 파묻히는 무거운 털토시를 보는 사람 쪽으로 추켜들고 있었다.

다음 순간 그레고르의 시선은 창문으로 향했다. 창문에 댄 양철 판을 두드리는 빗방울 소리가 들리는 가운데 음산한 날씨가 그를 몹시 울적하게 만들었다.

'잠이나 좀 더 자고 이런 쓸데없는 생각은 잊는 것이 상책이지.' 하고 그는 생각했다. 그러나 잊을 수가 없었다. 그것도 그럴 것이 그는 늘 오른쪽으로 누워 자는 습성이 있었는데, 지금과 같은 상태로는 도저히 그렇게 누울 수가 없었다. 있는 힘을 다하여 오른쪽으로 몸을 돌리려고 애써봤지만 그저 똑바로 젖혀질 뿐이었다. 그 짓을 백 번은 했으리라. 허우적거리는 다리를 보지 않으려고 눈을 감았다. 그는 허리에서 이제껏 느껴보지 못한 약간의 통증을 느끼고서야 그 짓을 중단했다.

"아! 나는 왜 하필 이렇게 힘든 직업을 택했을까! 날이면 날마다 여행이라니. 본점에서 일하는 것보다 일도 훨씬 고되고, 여행의 피로, 기차 연결에 대한 걱정, 불규칙하고 메마른 식사, 항상 바뀌는 데다 결코 지속되지 않는, 진실되지 않은 대인 관계. 이런 것들만 따라다니다니. 이런 것들을 가져가는 귀신은 없나. 제기랄!"

배 위가 좀 가려웠다. 그는 머리를 좀 더 쉽사리 쳐들 수 있도록 침대 끝의 기둥 가까이로 등을 서서히 밀어갔다. 조그마한 흰 점들이 오글오글한 가려운 곳이 눈에 보였다. 그는 그 점들이 무엇인지 알 수 없었다. 다리 하나를 뻗어 그곳을 건드려보려 했다. 그러나 그

다리는 당장에 움츠러들었다. 그곳에 닿자 소름이 쭉 끼쳤기 때문이다.

그는 다시 이전의 자리로 몸을 미끄러뜨렸다.

"너무 일찍 일어나면 멍해지는 법이야. 사람에겐 잠이 필요해. 다른 영업 사원들은 하렘의 여인들처럼 지내고 있는데 말야. 가령 주문받은 것을 메모하려고 오전에 여관에 돌아가면 그제야 그들은 아침을 먹고 있으니. 내가 우리 사장 앞에서 그런 짓을 해보라지, 당장에 모가지가 달아날걸. 하지만 쫓겨나는 게 나에겐 좋을지도 몰라. 부모님만 아니면 벌써 집어치웠을 거야. 사장 앞으로 걸어가서 내 본심을 거리낌없이 토로했을 거야. 그랬다면 사장은 책상에서 틀림없이 굴러떨어졌으리라! 책상에 걸터앉아 높은 곳에서 사람을 내려다보다가 귀가 잘 안 들리니 말하는 사람 쪽으로 몸을 기울이곤 하니까. 하지만 아직 희망은 있어. 언젠가 그에게 진 우리 부모님의 빚을 청산할 수 있을 만큼 내가 돈을 모으면―한 5, 6년 걸리겠지만―그때는 깨끗하게 절교다. 그건 그렇고 우선 일어나야겠다. 기차가 5시에 출발하니까."

그는 책상 위에서 째깍거리는 자명종 시계를 바라보았다.

"하느님 맙소사!"

6시 반이었다. 아니, 시곗바늘은 반을 넘어 벌써 45분에 육박하고 있었다. 시계가 울리지 않았단 말인가? 침대에서 보아도 시계는 4시에 울리도록 맞추어져 있었다. 틀림없이 울렸을 텐데, 그렇다면 가구를 진동시키는 그 요란한 소리에도 내가 포근히 잠잘 수 있었단 말인가? 사실 그는 편안히 자지도 못한 터였다. 시계가 울린 후 더 깊이 잠들었는지도 모른다. 이제 어떻게 한다? 다음 기차는 7시에 있다. 그것을 타려면 미친 듯이 서둘러야 한다. 아직 견본도 꾸려 놓지 않은 데다 그 자신도 몸이 개운하지 못해 움직일 수 있을 것 같지 않았다. 설사 그 기차를 탄다 하더라도 사장의 벼락은 피할 도리가 없을 것이다. 사환놈이 5시 기차에서 나를 기다리고 있다가 내가 지각한 사실을 이미 보고했을 테니까. 사환놈은 줏대도 없고 분별심도 없는 사장의 앞잡이에 지나지 않는다. 그렇다면 아프다고 말해볼까? 하지만 그것도 괴로운 일이고 효과가 의심스럽다. 5년이란 근무 기간 동안 그레고르는 단 한 번도 앓아누워본 적이 없었으니까. 아마 사장은 조합 주치의를 데리고 올 것이다. 게으른 자식을 두었다고 부모님까지 욕을 먹을지 모른다. 아무리 항변해도 이 조합 주치의에겐 통하지 않는다. 이놈의 의사 눈에는 도대체가 건강하면서도 일하기 싫어 꾀병을 부리는 인간밖에는 보이지 않으니까. 그러나 지금 나의 경우에도 의사가 나쁘다고 말할 수 있을까? 좀 노곤한 느낌은 있었지만, 오래 푹 자고 나면 늘 머리가 상쾌하고 식욕이 당기는 그레고르였다.

이런 모든 생각을 순식간에 떠올리며 그가 침대에서 벗어나야 겠다는 결심을 채 하기도 전에 — 마침 그때 시계가 6시 45분을 쳤다 — 침대 머리맡으로 난 문을 조심스럽게 두드리는 소리가 들렸다.

"그레고르, 6시 45분이다. 너 안 떠날 거니?"

어머니의 음성이었다. 아, 부드러운 그 목소리! 그레고르는 대답하는 자신의 목소리에 깜짝 놀랐다. 틀림없는 자신의 목소리이긴 했지만, 어쩐지 밑에서 울려나오는 억제할 수 없이 괴로운 신음 소리 같은 것이 섞여 있었다. 처음에 나온 말은 명확했지만, 다음 말은 반향과 뒤범벅이 되어 사람들이 그것을 알아들었는지 알 수 없었다. 그레고르는 상세히 모든 것을 설명하려 했다. 그러나 그 상태에서는 "네! 네! 곧 일어납니다"라는 말밖에 할 수 없었다. 나무로 된 판자문 때문에 밖에서는 그레고르의 변한 음성을 알아차리지 못한 모양이었다. 그래서인지 어머니는 그의 대답을 듣고 곧 어슬렁어슬렁 가버렸다. 그러나 이 짧막한 대화로 인해 벌써 출발했으려니 했던 그레고르가 아직 집에 머무르고 있다는 것을 다른 가족들까지 알게 되었다. 벌써 아버지는 옆문을 두드리고 있었나. 가볍지만 주먹으로 두드리는 소리였다.

"그레고르, 그레고르, 대체 어찌 된 일이냐?"

잠시 후 아버지는 나직한 음성으로 다시금 대답을 재촉했다. 다른 편 문에서는 누이동생이 나지막하게 애원하는 소리가 들렸다.

"오빠, 몸이 안 좋아요? 뭐가 필요하면 말해요."

"다 됐어요."

그는 양쪽 문을 향해서 대답했다. 한 마디 한 마디를 극히 조심해서 발음하며, 사이사이에 오랜 간격을 두었다. 그렇게 함으로써 수상하게 변질된 음성을 감추어보려 했다. 아버지는 아침을 먹으러 되돌아갔으나 누이는 소곤거리고 있었다.

"오빠, 문을 열어요, 제발. 네?"

그러나 그레고르는 열어줄 생각은 조금도 하지 않고 오히려 여행에서 얻은 습성, 이를테면 집에 돌아와서도 밤이면 문이란 문은 다

잠가버리는 용의주도한 습성을 스스로 칭찬했다.

남의 강요에 의해서가 아니라 알아서 조용히 일어나 옷부터 입고, 무엇보다도 아침을 먹고, 그러고 나서 앞일을 생각하고 싶었다. 그도 그럴 것이 침대 속에서 생각해본들 이렇다 할 아무런 결론에 도달할 수 없음을 그 자신이 잘 알고 있었다. 불편한 잠자리 때문인 듯한 고통을 느꼈다. 그러나 막상 이불을 박차고 일어나보니 그 고통이 착각이었음이 드러났다. 그래서 오늘의 이 망상도 점점 사라져갈 것이라고 생각하고 그는 마음을 강하게 먹었다. 변한 목소리도 출장 영업 사원의 고질적 질환인 독감의 전조일 뿐 다른 아무것도 아님을 추호도 의심치 않았다.

이불을 아래로 밀어내는 것은 간단한 일이었다. 숨을 들이쉬어 배를 조금 부풀리기만 하면 저절로 미끄러져 떨어졌다. 그러나 그다음 일은 여의치 않았다. 무엇보다도 그의 몸이 유별나게 넓적한 탓이었다. 일어나려면 팔과 손을 써야 했다. 그러나 손과 팔은 이미 없었고, 계속 멋대로 놀아나는 수많은 다리들만 있었다. 다리 하나를 구부려보았으나, 언제 그랬냐는 듯 다시 펴지는 판이었다. 마침내 그 다리를 뜻대로 움직이는 데 성공할라치면 그러는 사이에 다른 다리들은 해방이라도 된 듯 계속 요란하게 버둥댔다.

"침대에서 꾸물거려야 아무 소용없겠는데."

그레고르는 중얼거렸다.

우선 그는 하반신부터 내려디뎌 침대에서 몸 전체를 끌어내릴 심사였다. 그러나 한 번도 보지 못했고, 어떻게 생겨먹었는지 상상조차 할 수 없는 그 하반신을 움직이기란 아주 어려웠다. 게다가 움직임은 여간 느린 게 아니었다. 그리하여 슬그머니 화가 난 그는 있는 힘을 다하여 자신의 몸을 앞쪽으로 함부로 밀어갔다. 그러나 방향을 잘못 잡아 침대 기둥에 호되게 부딪혔다. 화끈하도록 심한 아픔을 느끼고서야 비로소 그는 몸의 하체가 가장 예민한 곳임을 깨달았다.

그래서 이번에는 상반신부터 침대에서 끌어낼 작정이었다. 조심조심 머리를 침대 가장자리로 돌렸다. 이 일은 그래도 쉽게 이루어졌다. 몸체는 묵직하고 컸지만 머리가 돌아가는 방향으로 몸체도 같이 돌았다. 그러나 머리가 마침내 침대 밖으로 나와 허공에 뜨게 되자 이런 식으로 나아기는 것은 불안하기 짝이 없다는 것을 깨달았다. 만일 이러다가 떨어진다면 머리가 깨지지 않는 것이 오히려 기적이지 싶었다. 어떤 일이 있어도 지금 이 상황에 의식을 잃어서야 되겠는가 하는 생각이 들었다. 차라리 침대에 있는 편이 낫겠다고 생각했다.

그러나 똑같은 수고를 한 다음 한숨을 내쉬면서 먼저와 같은 자리에 누워 자기의 다리들이 다시금 약이 오른 듯이 서로 뒤엉켜 허우적대는 꼴을 보았을 때, 이렇게 제멋대로 놀아나는 속에서는 결국 휴식과 질서를 찾기 어렵겠다는 것을 깨달았다. 그냥 어물어물 침대에 누워 있을 수도 없는 일이고, 설사 희망이 없다 치더라도 희생을 각오하고 침대에서 일어나는 것이 현명한 일일 것이라고 그는 혼잣말로 중얼거렸다. 동시에 침착한 숙고가 자포자기한 결심보다 훨씬 낫다는 생각을 잊지 않았다. 그런 순간에도 그는 그의 날카로운 시선을 창문에 집중시키고 있었다. 그러나 유감스럽게도 좁다란 거리의 건너편까지 뒤덮고 있는 안개 속을 아무리 뚫어지게 보아도 자신감이 생기거나 기분이 상쾌해지는 것도 아니었다.

"벌써 7시로구나. 7시인데도 여전히 안개가 저렇게 짙다니 원!"

시계가 7시를 치는 소리를 듣고 그레고르는 중얼거렸다. 그는 이 완전한 정적에 의해 모든 것이 본래의 뚜렷한 자기의 상태로 돌아갈 것을 기대하기라도 하듯이 잠시 숨을 조용히 내쉬며 고요히 누워 있었다.

"7시 15분까지는 무슨 일이 있어도 이 침대에서 벗어나야지. 그 시간이 되면 내 소식을 물으러 누군가 상점에서 올 테지. 상점은 7시 전에 문을 여니까."

이렇게 중얼거리고 나서 그는 이제 몸통 전체를 동시에 침대 밑으로 떨어뜨릴 심사였다. 이런 식으로 침대에서 떨어질 때 머리를 재빨리 위로 추켜들면 머리는 상하지 않을 것 같았다. 등은 딱딱한 듯 싶었다. 보나마나 양탄자 위로 떨어질 테니까 아무 일 없을 것이다. 문제는 쿵 하고 떨어지는 소리다. 그 소리가 온 집안 식구들을 깜짝 놀라게 하지는 않겠지만 그들에게 불안을 안겨주는 것은 사실이다. 어쨌든 이 일은 해내야 한다.

그레고르가 이미 몸을 반이나 침대에서 일으켰을 때 — 이 새로운 동작은 힘든 일이라기보다 차라리 유희 같아서 좌우로 몸을 흔들기만 하면 되는 일이었다 — 누가 와서 그를 도와준다면 모든 일이 아주 순조로울 것 같은 느낌이 들었다. 힘센 사람 둘 — 아버지와 하녀가 생각났다 — 만 있으면 충분할 것이다. 그들이 와서 나의 둥근 등 밑에 팔을 집어넣고 몸을 굽혀 나를 침대 밑으로 내려준 뒤 내가 몸을 뒤집을 때까지 조심스럽게 버티고 있으면 되는 것이다. 그러면 이 조그마한 발들도 신경을 회복하여 제구실을 하겠지. 문이 잠겨 있는데, 와서 도와달라고 정말 소리를 쳐야 되나? 이런 어마어마한 곤경 속에서도 이 생각을 하자 그는 웃음을 참을 수 없었다.

그는 이미 몸을 너무 세게 흔들어 균형을 잡지 못할 만큼 몸이 밖으로 나와 있었기 때문에 최후의 결단을 내리지 않으면 안 되었다. 5분만 있으면 7시 15분이 될 터였다. 그때 현관문에서 벨이 울렸다.

'상점에서 누가 왔구나' 하는 생각에 온몸이 빳빳해졌다. 그러는 동안에도 그의 발들은 더욱 요란하게 꿈틀댔다. 집 안은 잠시 조용했다.

"아무도 문을 열어주지 않는군" 하고 중얼거리면서 그는 어떤 부질없는 희망을 가져보았다. 그러나 잠시 후 언제나 그랬듯이 하녀가 침착한 걸음걸이로 나가서 문을 열었다. 그레고르는 방문객의 인사 첫마디만 듣고도 그가 누구인지 알 수 있었다. 다름 아닌 지배인 자신이었다. 어째서 그는 조금만 태만해도 곧 의심을 사는 그런 회사에서 근무하는 팔자를 타고났을까? 도대체 모든 직원들이 깡그리 불량배란 말인가? 그래, 그 직원들 중에는 아침 두서너 시간을 회사를 위해 전념하지 못했다는 이유로 양심의 가책을 느끼고 얼까지 빠져 침대에서 몸을 일으키지 못하는 그런 충실하고 희생적인 사람이 한 사람도 없단 말인가? 사환을 보내 문의해도 충분한 일이 아닌가? 어쨌든 물어봐야 할 일이 있다 치더라도 꼭 지배인이 직접 와야만 하는가? 그럼으로써 이 수상한 사건의 조사는 지배인의 분별에만 맡겨질 수 있음을 죄 없는 가족에게까지 알려야만 하는 것일까? 확고한 결단이 서서 그런 것이 아니라 이런 생각들로 인해 흥분하여 그는 침대에서 뛰어내렸다. 큰 소리가 났다. 그렇다고 해서 요란한 소리는 아니었다. 양탄자가 깔려 있어 떨어지는 소리는 약했다. 생각했던 것보다 등은 탄력이 있었다. 그래서 그다지 사람의 주의를 끌지 못하는 둔탁한 소리가 났다. 다만 고개를 조심해서 쳐들지 않았기 때문에 머리를 부딪쳤다. 그는 화가 치밀어 그 아픈 머리를 돌려 양탄자 위에 비볐다.

"저 안에서 뭔가 떨어진 모양이군요."

왼편에 있는 옆방에서 지배인이 말하는 소리가 들렸다. 어느 날엔가 지배인에게도 지금 나에게 일어나고 있는 일과 똑같은 일이 일어날지 모른다. 그럴 가능성은 있을 것이다. 그러나 바로 그때 그의 이런 의문에 거친 대답이라도 하듯이, 지배인은 옆방에서 두서너 걸음쯤 발을 뚜벅뚜벅 옮겨놓으며 에나멜 구두를 삐걱거렸다.

"그레고르! 지배인이 왔어요."

오른편 옆방에서 누이동생이 속삭였다.

"알고 있어."

그레고르는 중얼거렸다. 그 중얼거림은 누이동생에게 들릴 만큼 큰 소리는 아니었다.

"그레고르! 지배인께서 오셔서 왜 아침 기차로 출발하지 않았느냐고 물으신다. 뭐라고 대답해야 할지 모르겠구나. 그리고 너와 개인적으로 말씀하시겠다고 하신다. 그러니 자, 문을 열어라. 지배인께서는 너그러우시니까 방 안이 좀 어수선한 것쯤은 용서하실 거다."

아버지가 왼쪽 방에서 말했다.

"여보게, 잠자 군."

이때 지배인이 다정하게 불렀다.

"그 애는 몸이 아파요. 제 말을 믿어주세요. 몸이 안 아프면 그 애가 기차를 놓칠 앱니까? 그 애는 일밖에 몰라요. 그 애는 저녁에 외출도 한 번 하지 않아서 제가 화를 낼 지경이에요. 오늘까지 일주일 간이나 시내에 와 있으면서도 매일 저녁 집에만 처박혀 있는걸요. 와서는 우리 곁에 있는 책상머리에 앉아서 조용히 신문이나 읽고 기차 시간표를 연구해요. 취미라곤 톱을 가지고 물건을 만드는 것밖에 없어요. 그 한 예로 요 2, 3일 저녁 계속해서 조그마한 사진틀을 만들었어요. 얼마나 잘 만들었는지 보시면 놀라실 거예요. 그것은 저 방 안에 걸려 있지요. 그 애가 문을 열면 곧 보시겠지만요. 여하간 지배인님께서 와주셔서 감사합니다. 식구끼리만 있으면 그 애더러 문을 열라고 할 재간이 없어요. 고집이 세거든요. 아침에 물어보았더니 괜찮다고는 했지만 틀림없이 몸이 성치 않은 모양이에요."

이것은 어머니의 말이었다.

"곧 갑니다."

그레고르는 천천히 말하면서도 이야기 소리를 한 마디도 놓치지 않기 위해 노력했다.

"그 말씀에 동감합니다. 달리 생각할 수 있겠습니까?"

지배인이 말했다.

"대수로운 일이 아니었으면 좋겠습니다만, 한편 말씀드리지 않을 수 없는 것이 우리같이 장사하는 사람들은 ─ 행이건 불행이건 간에 ─ 몸이 좀 불편한 것쯤은 장사에 대한 열정으로 극복해야 된다는 것입니다."

"지배인께서 네 방으로 들어가셔도 이제 괜찮겠니?"

참을성 없는 아버지가 이렇게 말하고 다시금 문을 두드렸다.

"안 됩니다."

그레고르의 이 대답에 왼쪽 방에는 숨막힐 듯한 정적이 흘렀고 오른쪽 방에서는 누이동생이 흐느껴 울기 시작했다.

도대체 누이동생은 왜 다른 사람들과 함께 있지 않는 것일까? 그 애는 이제야 겨우 일어나서 아직 옷도 주워 입지 않은 모양이지. 그런데 울기는 왜 우는 거지? 내가 일어나지 않고 게다가 지배인에게 들어오지 말라고 해서 우는 것일까? 실직할까 봐 그러나? 그렇지 않으면 사장이 옛날에 준 빚을 가지고 부모님을 다시 못살게 굴까 봐? 그런 걱정은 아직 할 필요가 없다. 그래도 내가 여기 있는 한 부모님을 저버릴 생각은 추호도 없으니까. 잠시 그는 양탄자 위에 누워 있었다. 지금 나의 상태를 아는 사람이라면 누구도 이 방에 지배인을 들여보내라고 나에게 요구하지 못할 것이다. 다음 기회에 쉽게 변명할 수 있는 사소한 실례 때문에 내가 당장 회사에서 해고되지는 않을 것이다. 울며불며 지배인을 귀찮게 구느니 그를 그대로 내버려두는 것이 더 현명한 처사일 것이다. 그러나 부모님은 불안한 나머지 남을 괴롭히고 변명하는 데 여념이 없었다.

"잠자 군! 도대체 어찌 된 셈인가? 자네는 방 안에 틀어박혀서, 네, 아닙니다만 연발하면서 자네 부모님에게 괴롭고 쓸데없는 걱정만 끼치고…… 저, 말이 나왔으니 말인데…… 자네는 이제껏 들어보지도 못한 방법으로 업무상의 의무를 기피하고 있네. 여기서 자네의 부모와 자네의 사장 이름으로 말해두는데, 곧 명확한 설명을 해주길 엄숙하게 부탁하네. 이럴 수가 있나? 그래도 나는 자네를 침착하고 분별 있는 사람이라고 생각했는데, 갑자기 자네는 이상야릇한 변덕을 부리기로 작정한 것 같군. 사실은 오늘 아침 일찍이 사장님께서 자네의 결근에 대해 그럴싸한 해석을 하셨다네. 최근에 자네가 위임받은 미수금에 관한 얘기였지. 하지만 나는 물론 내 명예를 걸다시피하면서 그런 해석은 타당치 않다고 이의를 제기했다네. 그러나 지금 이 자리에서 자네의 이해할 수 없는 고집을 보니 자네를 두둔해주고 싶다는 생각이 싹 가시는군. 그리고 말해둘 것은 자네의 지위는 결코 확고부동하지 않다는 것일세. 나는 원래 모든 이야기를 단둘이 있는 데서 하려 했는데, 자네가 공연히 나의 시간을 허비하게 하는 바람에 자네 부모님에게까지 들려드리게 된 것일세. 자네의 판매 실적 역시 요사이는 전과 달리 불만족스러웠네. 물론 경기가 안 좋은 철이라는 것은 우리도 인정하네. 그러나 장사할 수 없는 철이란 없는 법이야. 있어서도 안 되고. 잠자 군, 알겠나?"

지배인의 말에 그레고르는 자신도 모르게 흥분하여 모든 것을 잊고 소리쳤다.

"아니, 지배인님! 지금 당장에 문을 열겠습니다. 몸이 좀 불편해서 그럽니다. 현기증이 나서 일어날 수가 없군요. 아직 저는 자리에 누워 있습니다. 그러나 지금 기분이 나아지고 있습니다. 막 침대에서 나왔습니다. 조금만 참아주세요. 아직 기분이 전과 같지 않습니다. 곧 나아지겠지요. 이렇게 별안간 병이 나다니! 어제 저녁만 해도 아무렇지 않았는데. 부모님도 잘 알고 계십니다. 아니, 어제 저녁에 벌써 좀 이상한 감이 들긴 했습니다. 자세히 본 사람이라면 알고 있었을 것입니다. 회사에 미리 알렸어야 했는데. 이만한 병은 집에 돌아와 침대에 누워 있으면 나을 거라고 생각했던 것입니다. 지배인님! 저의 부모님을 위로해주십시오. 지금 말씀하신 저에 대한 비난은 아무 근거도 없는 것입니다. 전 그런 비난은 한 번도 들어본 적이 없는 사람입니다. 지배인님께서는 제가 최근에 발송한 주문서를 미처 보시지 못한 것 같습니다. 여하간 8시 기차로 떠나겠습니다. 두서너 시간 쉬었더니 좀 기운이 나는군요. 제발 먼저 가세요. 곧 회사로 가겠습니다. 사장님께도 그렇게 전해주십시오.”

이렇게 속사포처럼 쏟아놓은 그레고르는 자신이 무슨 말을 뇌까렸는지 거의 알 수 없었다. 침대에서 연습한 그 경험을 살려 옷장으로 쉽게 다가가 그 옷장에 의지하여 몸을 바로 세워보려고 했다. 그는 정말 방문을 열고 자기의 모습을 지배인에게 보여주면서 그와 이야기할 참이었다. 그렇게 방에 들어오고 싶어하는 저들이 나의 모습을 보는 순간 뭐라고 말할까 궁금하기도 했다. 만일 그들이 질겁을 한다면 나는 더는 아무 책임이 없는 것이니 가만히 있을 수 있게 되리라. 그러나 그들이 모든 것을 태연히 받아들인다면, 나 역시 흥분할 하등의 이유가 없는지라 8시 기차를 타러 역으로 갈 수 있을 것이다…….

처음엔 몇 번이나 반들반들한 옷장으로부터 미끄러졌으나, 마침내 마지막으로 몸을 흔들어 일으켜 그곳에 똑바로 섰다. 하체가 몹시 쑤시고 타는 듯이 아팠으나 전혀 개의치 않았다. 곧 그는 가까이에 있던 의자의 등을 짚고 그 가장자리에 조그마한 발들을 찰싹 부착시켰다. 그러나 그와 동시에 자제력도 회복되어 그는 입을 다물었다. 왜냐하면 그때 지배인의 말에 귀를 기울일 수 있었기 때문이다.

"한 마디도 알아들을 수 없는 소리군! 그래, 알아들으셨소? 이 친구가 우리를 놀리는 것은 아니겠지요?"

지배인이 부모님께 말했다.

"놀릴 리가 있습니까, 원. 틀림없이 몸이 심하게 아픈 모양이에요. 우리는 그 애를 괴롭히고 있는 기예요. 그레테! 그레테!"

어느덧 어머니는 이렇게 울면서 외쳤다.

"네?"

맞은편에서 누이동생이 소리쳤다. 그들은 그레고르의 방을 사이에 두고 이야기를 주고받았다.

"빨리 의사한테 갔다 오너라. 오빠가 병이 났어. 빨리 의사를 불러와. 너 방금 그레고르가 말하는 소리를 들었니?"

"그것은 무슨 동물의 소리였소."

지배인이 나지막하게 말했다.

"안나! 안나! 얼른 열쇠쟁이를 데려오렴!"

아버지가 문간방을 통해 부엌에다 대고 소리치며 손뼉을 쳤다.

벌써 두 소녀는 치맛자락을 펄럭거리며 아랫방으로 뛰어가고 있었다—도대체 누이동생은 무슨 수로 그렇게 빨리 옷을 입었을까?—현관문이 열렸다. 문이 닫히는 소리는 들리지 않았다. 미루어 생각할 때 문을 열어둔 채 나가버린 모양이다. 무슨 큰 불상사가 일어난 집 같았다.

그러나 그레고르의 마음은 점점 침착해지고 있었다. 사람들은 그가 한 말을 알아듣지 못했다. 자신에게는 명료하게, 아니 전보다도 더 명료하게 들렸는데……. 아마 벌써 자신의 소리가 귀에 익어서 그런 것일까? 그러나 사람들은 내가 비정상적인 상태에 있다는 것을 믿어 의심치 않고, 나를 구해주려 하고 있다. 이 최초의 조치가 취해진 데 대한 기대와 신뢰로 그는 기분이 좋아졌다. 그는 다시 사람이 사는 세계에 속하게 된다. 의사와 열쇠쟁이 양자를 잘 구별해서 생각할 수 없으면서도, 이들 두 사람에게 그는 어떤 커다란 성과를 기대하고 있었다. 시시각각으로 다가오는, 운명을 결정지어줄 대화가 시작될 때에 명확한 음성으로 말하기 위해서 그는 헛기침을 해보았다. 기침 소리를 점잖게 내려고 애썼다. 가능한 한 사람의 기침 소리를 내야겠기 때문이었다. 그러나 그 기침의 효과를 판단할 자신도 이미 없었다. 그러는 동안 옆방은 고요해졌다. 아마 부모와 지배인이 책상을 가운데 두고 앉아서 귓속말을 나누거나, 그렇지 않으면 문에 기대어 이쪽을 엿듣고 있는지도 몰랐다.

그레고르는 천천히 의자를 문 쪽으로 밀었다. 다시 그 의자에서 몸을 뗌과 동시에 문을 붙들고 꼿꼿이 섰다―그의 발끝에서는 찐득찐득한 물질이 약간 분비되고 있었다―그리고 나서 긴장을 풀고 잠시 몸을 쉬었다. 그다음 입으로 구멍에 꽂힌 열쇠를 돌리기 시작했다. 이가 하나도 없는 것이 유감이었다―무엇으로 열쇠를 조인담!―그러나 이가 없는 대신 힘센 턱이 있었다. 턱의 힘으로 열쇠를 돌릴 수 있었다. 그러나 그가 의식하지 못하는 사이에 분명히 어딘가 상처를 입고 있었다. 어딘지는 알 수 없었다. 거무튀튀한 액체가 입에서 나와 열쇠 위로 흘러 마룻바닥에 뚝뚝 떨어지고 있었다.

"저 소리 좀 들어보시오! 열쇠를 돌리고 있어요."

옆방에 있는 지배인의 말이었다. 그 말은 그레고르의 원기를 북돋워주었다. 그러나 부모님이 힘을 내라고 소리쳐주었으면 싶었다.

"자! 이쪽으로 힘껏 돌려라! 열쇠를 꼭 쥐고!"

이렇게 응원하며 모든 사람들이 애쓰고 있는 자기를 주시하고 있다고 생각하는 순간 그는 더 미친 듯이 열쇠를 물고 매달렸다. 열쇠가 돌아감에 따라 그의 몸도 열쇠 주위를 빙글빙글 돌았다. 그의 몸은 단지 입 하나로 버티고 있었다. 필요에 따라 열쇠에 매달리기도 하고 전신의 무게로 열쇠를 내리누르기도 했다. 드디어 열쇠가 찰칵 하고 열리는 소리에 그는 제정신으로 돌아왔다. 숨을 돌리며 중얼거렸다.

"열쇠쟁이가 무슨 필요가 있담!"

다시 그는 문을 활짝 열어젖히려고 머리를 손잡이 위에 올려놓았다.

이렇게 해서 겨우 열렸지만, 문이 안쪽으로 당겨져 열렸기 때문에 그의 몸뚱이는 문 뒤에 서게 되었다. 그래서 밖에서 볼 때 아직 그의 모습은 보이지 않았다. 그는 문짝을 따라 밖으로 돌아 나와야 했다. 더욱이 방 안으로 통하는 문 앞에서 벌렁 넘어지는 사나운 꼴을 보이지 않으려면 조심해야 했다. 이렇게 조심하는 동작에 열중한 나머지 "앗!" 하고 신음하는 듯한 지배인의 외마디 소리가 들렸을 때도—마치 바람이 지나가는 소리처럼 들렸다—다른 사람의 일에 신경을 쓸 겨를이 없었다. 그때 지배인의 모습이 보였다. 그는 문 곁에 바싹 붙어 서 있었다. 멍청하게 벌린 입을 손으로 가린 채 서서히 뒤로 물러섰다. 눈에 보이지 않는 어떤 힘에 의하여 밀려가는 듯한 자세였다. 지배인이 왔는데도 풀어헤친 머리를 손질할 생각도 안 하시는 어머니는 처음에는 두 손을 모아쥐고 아버지 쪽을 바라보더니 다음 순간 그레고르 쪽으로 오는가 했으나 그만 비칠비칠 쓰러지고 말았다. 쓰러지는 순간 치마가 공중에서 원을 그렸다. 얼굴은 가슴에 파묻혀 전혀 보이지 않았다. 아버지는 증오심에 불타는 표정을 짓고 마치 그레고르를 방 안으로 몰아넣으려는 듯이 주먹까지 불끈 쥐었지만 다음 순간 여러 사람이 서 있는 응접실을 멍하니 바라보다가 두 손으로 눈을 가리고 뚱뚱한 가슴을 들먹거리며 울기 시작했다.

그레고르는 방 안으로 들어설 생각은 하지 않고, 닫힌 문의 한쪽에 기대어 있었기 때문에 밖에서 바라볼 때 그의 몸의 반밖엔 보이지 않았다. 그리고 그 위로 기울인 머리가 보일 뿐이었다. 그는 여러 사람을 살펴보고 있었다. 날은 훤하게 밝아 있었다. 이쪽을 향해서 길 건너에 길게 자리잡고 선 건물이 뚜렷하게 보였다. 그것은 병원이었다. 그 건물의 전면에는 창문이 규칙적인 간격으로 나란히 나 있었다. 그때까지도 비가 내리고 있었다. 눈에 보일 만큼 굵직굵직한 빗방울이 땅 위로 뚝뚝 떨어졌다. 식탁 위에는 아침 상에 올랐던 접시들이 수북했다. 아버지에겐 아침 식사가 가장 중요한 식사였지……. 여러 가지 신문을 읽으시면서 하는 식사인지라 한 시간은 걸렸다. 맞은편 벽 위에는 그레고르가 군대 시절에 찍은 사진이 걸려 있었다. 육군 중위 시절의 사진이었는데, 한 손을 군도 위에 놓고 가벼운 미소를 띠고 있는 폼이 바라보는 사람을 향해서 자기의 모습과 군복에 경의를 표하라고 강요하는 듯한 그런 풍채였다. 현관으로 통하는 문은 열려 있었고 현관문도 열려 있었다. 그래서 응접실과 현관이 내다보였고 2층으로 통하는 계단도 보였다.

이 상황에 그래도 냉정을 유지하고 있는 것은 자신밖에 없다고 생각한 그레고르는 입을 열었다.

"저, 그러면 곧 옷을 갈아입고 견본을 꾸려가지고 출발하겠습니다. 출발해도 되겠지요? 지배인님, 이제 제가 고집이 센 사람이 아니고 일하기를 좋아한다는 것을 아시겠지요? 출장 판매는 참 고된 일입니다. 그러나 출장 여행을 하지 않고 어떻게 살아갑니까. 지배인님! 지금 어디로 가시겠습니까? 상점으로 가시지요? 그렇죠? 모든 일을 사실대로 보고하시겠지요? 일을 하지 못하게 되는 형편이란 누구에게나 있는 일 아니겠습니까? 그런 경우에는 이제까지 일한 실적을 생각해주시고, 몸이 회복되면 갑절의 노력과 주의를 기울여 한층 더 부지런히 일하리라고 생각해주십시오. 저는 정말 사장님 신세를 많이 진 몸입니다. 게다가 제게는 누이동생과 부모님에 대한 걱정이 있습니다. 현재는 곤란한 처지에 있습니다만 머지않아 그런 곤경을 면하게 되겠지요. 저를 이전보다 더한 곤경에 빠뜨리지는 말아주십시오. 누구나 영업 사원을 싫어한다는 것쯤은 저도 알고 있습니다. 영업 사원은 큰돈을 벌어 호사한다고 생각하고 있습니다. 이런 사람들의 편견을 고쳐주자는 것은 아닙니다. 그럴 기회도 없고요. 하지만 지배인님께서는 다른 사람들보다 상점 실정을 잘 알고 계실 겁니다. 다른 사람들이 없으니까 말씀드리는데, 사장님보다도 지배인님께서 더 소상히 알고 계십니다. 사장님은 기업주라는 위치 때문에 자칫하면 고용인들에 대해 불리한 판단을 내리게 됩니다. 지배인님께서도 아시다시피 거의 1년 365일 내내 회사밖에서 보내는 저희들 영업 사원들은 뒷소문이나 우연한 사건이나 근거 없는 비난의 희생물이 되기 쉬운 처지가 아닙니까? 영업 사원은 그런 사건들을 전혀 눈치채지 못하고 있기 때문에 그런 것을 막아낼 도리가 없습니다. 기진맥진해서 돌아오기 때문에 회사에서 일어난 일이 무엇인지 알 수 없으며, 혹 불쾌하고 꺼림칙한 분위기를 느꼈을 때는 가슴만 서늘해지는 것입니다. 지배인님, 떠나시기 전에 제 말이 어느 정도 옳다고 한 마디라도 말씀해주십시오."

그러나 지배인은 그레고르의 첫마디에 이미 돌아서서 어깨를 들먹거리고 입을 실룩거리면서 뒤를 돌아다볼 뿐이었다. 그가 말하는 동안 지배인은 가만히 있지 못하고 그레고르에게 눈을 고정시킨 채 문 쪽으로 물러섰다. 그러면서도 방을 떠나서는 안 된다는 이상한 금지령이 두려운 듯 조금씩 뒷걸음질만 치는 것이었다. 그는 어느덧 응접실에 이르렀다. 그곳에서 한쪽 발을 현관에 내려놓은 순간 그는 발꿈치를 불에 덴 것처럼 황급하게 움직였다. 현관에 다다른 그는 하느님의 구원의 손길이라도 잡으려는 듯이 오른손을 계단 쪽으로 뻗을 수 있는 데까지 뻗었다.

이런 일 때문에 자신의 위치가 위험해지면 곤란하다고 생각한 그레고르는 이런 상태로 지배인을 보내서는 절대로 안 될 것 같았다.

부모님은 이런 모든 실정을 잘 모르고 있는 터였다. 그레고르가 이 회사에서 일하는 이상 안정된 생활은 문제 없다는 확신을 가져온 지 오래인 모양이었다. 부모님은 지금 발등에 떨어진 근심거리에 골머리를 앓으면서 장래 일까지 걱정할 마음의 여유가 없었다. 그러나 그들과는 달리 그레고르는 불길한 예감을 품고 있었다. 지배인을 붙들어놓고 진정시키며 납득시켜야 한다.

그레고르의 장래와 그의 가족의 장래는 이 사람을 설득할 수 있느냐 없느냐에 달려 있는 것이다. 이 자리에 누이동생이 있었으면 좋으련만! 내 동생은 현명하다. 내가 자빠져 누워 있을 때 그 애는 날 위해 울어주었다. 여자라면 오금을 못 쓰는 지배인 너석, 내 누이의 말이면 넘어올 텐데…… 누이동생이 있으면 응접실 문을 꼭 닫고 현관에서 지배인을 붙잡아놓고 그 놀란 가슴을 진정시켜줄 수 있을 텐데…… 애석하게도 지금 이 자리에 그 애가 없다니.

할 수 없이 그레고르 자신이 나서야 했다. 그래서 자기가 움직일 수 있는 현재의 능력도 고려해보지 않고, 또한 십중팔구 자신의 말이 전달되지 않으리라는 것을 생각지도 않고 그는 문짝에서 몸을 떼었다. 그러고는 문틈을 통해 지배인 쪽으로 가려 했다. 그때 지배인은 우스꽝스럽게도 현관의 난간을 두 손으로 잡고 있었다. 그러나 그레고르는 손 잡을 곳을 찾다가 이내 조그만 비명과 함께 숱한 발들을 아래로 한 채 엎어지고 말았다. 그러나 그렇게 쓰러지는 순간 그는 오늘 아침 처음으로 육체적 안정감을 느꼈다. 그의 발들은 딱딱한 마루를 딛고 있었던 것이다. 그는 발들이 그의 뜻에 고분고분 순종하는 것을 의식하고는 기뻤다. 심지어 발들은 그가 가려는 곳으로 그의 몸을 운반시켜주려고 애쓰기까지 하는 것이었다. 이제 조금만 있으면 모든 고통이 사라질 것 같았다.

흥분을 참고 어머니에게서 그리 떨어지지 않은 맞은편 마루 위에 몸을 흔들며 누워 있을 때였다. 완전히 실신한 상태로 누워 있던 어머니가 별안간 몸을 일으키며 양팔을 쭉 펴고 손가락을 벌린 채 사람 살려를 연발하면서, 그레고르를 자세히 보려는 듯이 머리를 옆으로 갸우뚱하는가 싶더니 정신없이 뒤로 달음질쳐 달아나는 것이었다. 자기 뒤에 식사 준비를 해놓은 식탁이 있는 줄도 잊어버리고 그 식탁까지 왔을 때 그 위에 털썩 주저앉아버렸다. 옆에 놓아두었던 커다란 주전자에서 커피가 홍수를 이루며 양탄자 위로 쏟아져 내리는 것도 전혀 의식하지 못하는 모양이었다.

"어머니, 어머니."

그레고르는 나직이 말하고 어머니를 올려다보았다. 지배인은 잠시 그의 머리에서 사라지고 없었다. 그 대신 흘러내리는 커피를 보고 턱을 허공에 들고 채 몇 번이나 입맛을 쩝쩝 다셨는지 모른다. 그 소리를 듣자 어머니는 다시 비명을 지르고 식탁에서 도망쳐, 급히 달려온 아버지의 팔 안으로 쓰러져 안겼다.

그러나 그레고르는 양친을 위하여 머뭇거릴 시간의 여유가 없었다. 지배인은 벌써 계단 위에 서 있었다. 턱을 난간 위로 내밀고 마지막으로 뒤를 한번 돌아보았다. 그레고르는 될 수 있으면 지배인을 붙들려고 비틀거리며 앞으로 달려갔다. 지배인은 무엇인가 예감이라도 하고 있었던 모양이었다. 그는 한꺼번에 몇 계단씩 뛰어내려 사라지고 말았다.

"휴―."

한숨쉬는 소리가 계단 밑에서 위까지 울렸다. 지배인이 도망치자 이제까지 침착했던 아버지가 당황한 빛을 띠기 시작했다. 몸소 지배인을 붙들러 가지는 못할 망정, 쫓아가고 있는 그레고르를 막아서지는 말 일이지, 도리어 지배인이 소파에다 남겨놓고 간 모자와 외투와 단장을 오른손에 집어들고, 왼손에는 식탁에 놓인 두터운 신문지를 집어들더니 발까지 구르며 단장과 신문지를 휘둘러 그레고르를 그의 방으로 몰아넣으려고 했다.

그레고르가 아무리 애원을 해도 통하지 않았다. 어떤 애원의 말도 소용없었다. 그는 애원하기를 단념하고 머리를 돌리려 했으니 아버지는 점점 더 요란하게 발을 굴렀다. 날씨가 몹시 추운데도 어머니는 창문을 열어젖히고 몸을 창문에 기댄 채 얼굴을 창밖으로 내밀고 두 손으로 얼굴을 가리고 있었다. 골목 안과 계단 사이로 세찬 바람이 불어 들어와 창문에 늘어진 커튼이 펄럭이더니, 책상 위에 있던 신문들이 들썩거리다가 마침내 한 장씩 마루 위로 날아가 떨어졌다. 몰인정하게도 아버지는 그를 몰아넣으려고 슈슈 하고 사납게 소리질렀다. 그러나 그때까지 그레고르는 뒷걸음질을 해보지 않은 터라 동작이 느리기 짝이 없었다. 만일 돌아설 수만 있었다면 그는 곧 자기 방으로 갔을 것이다. 그러나 시간이 걸리는 방향 전환으로 인해 아버지의 신경질을 돋울까 두려웠다. 또한 언제 어느 때 아버지의 손에 든 단장이 등이나 머리통에 치명적인 타격을 가할지 몰라 그는 위협을 느꼈다. 그러나 아무래도 방향을 바꾸어야 했다. 왜냐하면 뒷걸음질을 치다가 방향을 잘못 잡으면 이 역시 큰일이기 때문이다. 그리하여 한없이 불안한 시선으로 아버지를 힐끔힐끔 쳐다보며 그는 될 수 있는 대로 빨리 방향을 틀려고 했으나 역시 그 동작은 퍽이나 느렸다. 그제서야 아버지는 그의 착한 마음씨를 알아차렸는지 그리 심하게 괴롭히지는 않고 때때로 멀리서 단장 끝으로 방향을 이끌어주었다. 아버지가 듣기 싫게 슈슈 소리를 내지 않으면 좋으련만! 그레고르는 그 소리에 머리가 띵했다. 거의 다 돌았을 때 그 지긋지긋한 슈슈 소리에 그만 방향을 잘못 잡아 너무 지나치게 돌아버린 것을 알았다. 다행히도 머리가 문 입구 쪽을 향해 있었다. 그러나 그대로 들어가기에는 그의 몸집이 너무 넓다는 것을 깨달았다. 그때 아버지의 입장에서는 쉽게 들어갈 수 있는 길을 마련해주기 위해서 닫혀 있는 다른 문을 열어주면 간단하다는 생각을 한다는 것은 불가능했다. 될 수 있는 한 빨리 방으로 몰아넣자는 일념뿐이었다. 그는 그레고르가 몸을 일으키면 무난히 문을 통과할 수 있다고 생각은 해봤겠지만 일어서게 하는 데 필요한 번잡한 준비는 미처 생각하지 못하고 있었다. 아버지는 지금 닥친 장애에 대해서는 생각지도 않고 괴상한 목소리를 내며 그를 앞으로 몰았다. 이미 그레고르의 등뒤에서 들려오는 소리는 이 세상에 둘도 없는 아버지의 음성이 아니었다. 그것은 정녕 웃지 못할 일이었다. 그리하여 그레고르는 될 대로 되라는 심정으로 문을 향해 돌진했다. 몸의 한편이 들리더니 그는 문틈에 비스듬히 걸렸다. 그의 한쪽 옆구리가 송두리째 벗겨지고 깨끗하던 문짝에 오물이 묻었다. 꼼짝달싹할 수 없이 몸이 끼여 혼자서는 도저히 더는 움직일 수 없었다. 한쪽편의 발들은 허공을 향해 바르르 떨고 있었고 다른 쪽 발들은 마룻바닥에 부딪혀 몹시 아팠다. 그때 아버지가 뒤에서 그를 힘차게 밀쳤다. 그의 몸은 방 안으로 밀려 들어와 엎어졌다. 문이 단장에 의해 닫혔다. 그러고 나서야 조용해졌다.

2

날이 저물어 어둑어둑해졌을 때 비로소 그레고르는 혼수 상태와 같은 잠에서 깨어났다. 누가 잠을 방해해서가 아니라, 더는 잘 수가 없었다. 푹 잤기 때문에 충분한 휴식을 얻은 것 같았다. 빨리 걷는 발자국 소리와 앞 방으로 통하는 문을 조심스럽게 여닫는 소리에 잠을 깬 모양이었다.

가로등의 불빛이 흘러 들어와 천장과 가구 위를 이리저리 비추고 있었다. 그러나 그레고르의 방은 어두웠다. 이제야 쓸모 있다는 것을 깨달은 촉각을 동원하여 미숙하게 더듬으면서 그는 무슨 일이 일어났나 알아보려고 문 쪽으로 미적미적 기어갔다. 왼쪽 허리 언저리에 길게 자리잡은 상처가 땅겨 그는 불쾌감을 느꼈다. 그는 두 줄로 박힌 다리를 절름거리지 않을 수 없었다. 아침나절에 벌어진 소란통에 다친 다리 하나를 기운없이 질질 끌어갔다. 하여튼 다리

하나만 상했다는 것은 기적 같은 일이기도 했다.

문에까지 왔을 때 비로소 그는 무엇이 그를 실제로 그곳까지 오게 했나를 알 수 있었다. 그것은 바로 음식 냄새였다. 그곳에는 구미를 돋우는 흰 빵 조각이 둥둥 떠 있는 우유 그릇이 있었다. 그는 너무 기뻐서 하마터면 큰 소리로 웃을 뻔했다. 아침나절보다 훨씬 더 배가 고팠다. 그는 지체 없이 눈 위까지 잠기도록 머리를 우유 속에 처박았다. 그러나 곧 실망해서 머리를 들어버렸다. 왼쪽 허리 언저리가 땅겨 먹기가 곤란했다. 전신을 허덕이며 애써 움직이면 먹을 수는 있었지만, 무엇보다도 그가 좋아하던 음식이라고 누이동생이 갖다 놓은 모양인데 전혀 맛이 없었다. 그는 반발하듯 몸을 돌려 방 한가운데로 기어갔다.

그레고르가 문틈으로 내다보았더니 거실에는 가스등이 켜져 있었다. 예전 같으면 아버지가 저녁 신문을 어머니와 누이동생에게 큰 소리로 읽어주는 시간이었다. 그러나 아무런 기척도 없었다. 누이동생이 늘 이야기해주고 출장 때는 편지의 사연도 되던 이 신문 낭독은 최근에 와서 폐지된 모양이었다. 틀림없이 빈집은 아닐 텐데 주위가 너무 고요했다.

"어쩌면 이렇게들 조용히 지낼 수 있을까!"

그레고르는 혼잣말로 중얼거리며 눈앞의 어둠 속을 바라보았다. 이만한 집에서 이만한 살림을 꾸려가도록 할 수 있었던 자신이 대견스러웠다. 이러한 안락과 이 행복과 이런 만족된 생활……. 이 모든 것이 지금 끔찍스러운 종말을 고하게 된다면 어떻게 할 것인가? 이런 불길한 상상에 말려 들어가지 않으려는 듯이 그는 방 안을 이리저리 기어다녔다.

길고 지루한 저녁 시간이 흐르는 동안 양쪽에 있는 옆문이 번갈아 빠끔히 열렸다가 다시금 황급히 닫히는 것이었다. 누군가 들어올 일이 있었던 모양이다. 그러나 망설이는 눈치였다. 그레고르는 문 옆에 지켜 서서 그 주저하는 방문자를 안으로 끌어들이든가, 그렇지 않으면 최소한 그가 누구인가를 확인할 심사였다. 그러나 문은 더는 열리지 않았다. 열리기를 기다려도 소용이 없었다. 문이 잠겨 있었던 아침나절에는 저마다 들어오고 싶어 안달이더니 문을 열어놓은 지금에 와서는 아무도 들어오려 하지 않았고, 반대로 밖에서 열쇠가 잠겨 있었다.

밤이 늦어서야 거실의 등불이 꺼졌다. 이 점으로 미루어보아 부모와 누이가 이제까지 자지 않았다는 것을 알 수 있었다. 이때 세 사람이 발끝으로 가만가만히 저편으로 걸어가는 소리가 들려왔다. 이제 필경 다음 날 아침까지 그레고르의 방에는 아무도 들어오지 않을 것이었다. 그레고르는 새로 꾸며야 할 자기 생활에 대하여 곰곰이 생각해볼 충분한 시간을 가지게 되었다. 그러나 마룻바닥에 엎드려 있지 않으면 안 되는 입장이 되고 보니 이 높고 텅 빈 방은 오히려 그에게 불안을 안겨주었다. 그러나 분명한 이유는 알 수 없었다. 그 방은 5년 동안이나 자신이 살아온 방이었다. 그는 거의 무의식적으로 소파 밑으로 기어들어갔으나 부끄러움을 금할 수 없었다. 약간 등허리가 울리고 머리를 들 수 없었지만 이곳이 더 아늑한 맛을 주었다. 다만 몸집이 너무 넓적해서 소파 밑으로 충분히 들어갈 수 없는 것이 안타까웠다.

밤새도록 소파 밑에 누워 반쯤 졸기도 하고 배가 고파서 깜빡 잠에서 깨어나기도 하며, 또 여러 가지 걱정과 막연한 희망에 사로잡혀 얼마 동안을 보내기도 하면서 하룻밤을 새웠다. 그러나 아무리 생각해도 결론은 한 가지였다. 즉 냉정한 태도로 모든 것을 조용히 참으면서 가족들로 하여금 지금의 그의 상태가 어쩔 수 없이 불러일으키는 불쾌감을 견딜 수 있도록 하지 않으면 안 된다는 결론이었다. 현재의 그의 상태가 가족들에게 불쾌한 기분을 주는 것은 사실이었다.

채 밝지도 않은 새벽녘이 되자 그레고르는 자기가 결심한 바를 실험해볼 기회가 생겼다. 앞 방에서 어느새 옷을 갈아입은 누이동생이 문을 열고 긴장한 얼굴로 방 안을 들여다보는 것이었다. 누이동생은 그레고르를 얼른 발견하지 못했다. 그러나 그가 소파 밑에 있는 것을 보자 누이동생은 몹시 놀라 자제심마저 잃은 듯 문밖으로 뛰어나가 문을 닫아버리고 말았다. 내가 이 방의 어디에든가 으레 있다는 것은 뻔한 일이 아닌가? 도대체 내가 어디로 날아가버릴 수 있단 말인가?

그러나 누이동생은 자기가 한 짓을 뉘우친 양 곧 다시 문을 열고 들어왔다. 마치 중한 환자나 낯선 사람 옆에라도 가는 것처럼 까치발을 딛고 들어오는 것이었다. 그레고르는 소파 가장자리에까지 이르도록 목을 앞으로 치켜들고 누이동생을 관찰했다.

누이동생은 내가 우유를 먹지 않은 이유를 알아줄까? 배가 고프지 않아서 손을 안 댄 것은 아닌데…… 이 점을 알아줄까? 좀 내 구미에 맞는 음식을 가져오지 않으려나?

누이동생이 자진해서 가져다줄 것 같지 않았다. 그러나 가져다달라고 귀띔하느니 차라리 굶어죽는 편이 더 나았다. 사실 소파 밑에서 기어나와 누이동생 발밑에 몸을 던지며 무슨 맛있는 것 좀 갖다달라고 청하고 싶은 마음이 간절했다. 우유가 가장자리에 좀 흘러있을 뿐 아직 양재기 안에 그대로 남아 있는 것을 본 누이동생은 몹시 놀라는 기색을 보였다. 누이는 곧 그릇을 손에 들었다. 맨손으로 집어올리는 것이 아니라 걸레 조각으로 싸서 들어올리더니 밖으로 나가버렸다. 이번에는 무엇을 갖다주려나 하는 호기심이 생겼다. 그레고르는 상상이 미치는 대로 이것저것 생각해보았다.

이윽고 누이동생은 다시 무엇을 가지고 들어왔다. 누이동생은 내가 무엇을 좋아하는지 시험해보려고 여러 가지 음식을 가져왔다. 그 잡동사니를 낡은 신문 위에 펴놓았다. 오래되어 썩어가는 채소와 저녁상에서 먹다 남은 마요네즈가 말라붙은 뼈다귀도 있었다. 몇 알의 건포도와 살구, 이틀 전에 그레고르가 맛이 없다고 타박한 치즈가 있는가 하면 아무것도 바르지 않은 빵과 버터를 바른 빵, 버터를 바르고 소금을 뿌린 빵 등이 있었다. 이것들 말고도 분명 그레고르의 전용으로 정해놓은 듯한 사발에는 물이 있었다. 자기가 있으면 먹지 않으리라는 것을 알았는지 누이동생은 얼른 나가버렸다. 마음놓고 실컷 먹으라는 신호인 양 밖에서 열쇠까지 채웠다. 식사를 하러 가기 위하여 그레고르의 작은 발들은 꿈틀거리기 시작했다. 상처는 어느덧 다 나아버린 것 같았다. 불편한 데도 전혀 없었다. 자신이 생각해도 신기했다.

사실 한 달 전에 칼에 베인 상처가 어제까지도 욱신욱신 쑤셨는데…….

'갑자기 모든 감각이 둔해진 것이 아닐까?'

그는 생각해보았다. 그러한 생각이 머리를 스치는 순간 이미 그는 여러 가지 음식 중에서 제일 구미를 돋우는 치즈를 씹기 시작했다. 치즈, 채소, 소스를 연달아 먹었다. 너무 만족한 나머지 그레고르는 눈물을 흘렸다. 그런데 신선한 음식은 도리어 맛이 없었다. 냄새조차 싫어서 그는 먹고 싶은 것만을 조금 떨어진 곳으로 끌어가기까지 했다. 어느덧 다 먹어치우고 먼저의 자리로 돌아왔을 때 누이동생이 열쇠를 돌리는 소리가 들렸다. 소파 밑으로 들어가라는 신호였다. 누이동생이 방 안에 머문 시간은 짧았지만 소파 밑에 들어가 꾹 참고 있기란 고역이었다. 왜냐하면 음식을 많이 먹은 탓으로 배가 불러 그 비좁은 곳에선 숨도 제대로 쉴 수 없었기 때문이었다. 질식할 것 같은 상태에서 다소 튀어나온 듯한 눈으로 바라보고 있으니 아무것도 눈치채지 못한 동생은 먹다 남은 찌꺼기와 그레고르가 전혀 손도 대지 않은 음식까지도 이미 아무 소용이 없는 것처럼 쓸어모아 통 속에 붓더니 바삐 나무 뚜껑으로 덮어가지고 나가버렸다. 누이동생이 돌아서자마자 그레고르는 소파 밑에서 기어나와 기지개를 켜며 숨을 내쉬었다.

그레고르의 식사는 매일 이러했다. 아침은 부모님과 하녀가 아직 잠을 자고 있는 시간을 이용해서 일찍 들어왔고, 점심은 모든 사람들의 식사가 끝난 후에 들어왔다. 그것도 그럴 것이 점심 식사가 끝난 후에 부모님은 낮잠을 자는 습성이 있었고, 하녀는 늘 장을 보러 갔다. 물론 집안 식구치고 그레고르를 굶겨 죽이고 싶은 사람은 없었다. 그러나 그레고르의 식사에 관해서는 누이동생이 말해주는 것 이상은 모르고 있었다. 또 누이동생은 하나같이 애쓰고 괴로워하는 가족들의 슬픔을 덜어주어야 한다는 생각뿐이었으리라. 그날 아침 무엇이라고 말해서 의사와 열쇠쟁이를 돌려보냈을까? 그레고르가 하는 말을 아무도 이해할 수 없었기 때문에, 사람들의 말을 그레고르가 알아듣고 있다고는 아무도 상상하지 못했다. 누이동생 역시 그러했다. 그래서 누이동생은 그의 방에 들어와서도 가끔 한숨이나 짓고 성자의 이름을 부르며 기도하는 정도였다. 얼마 지나지 않아 누이동생은 그를 보살피는 일에 익숙하게 되었다. 물론 완전히 익숙해지기란 바랄 수 없는 일이었지만 어느 정도 익숙하게 되었을 때 이따금 다정한 말을 던졌다.

"오늘 식사는 맛이 있었나보군!"

그레고르가 남김없이 다 먹었을 때 그녀가 말했다. 그러나 갈수록 더 빈번히 되풀이되는 그와 반대의 경우에는 누이동생은 쓸쓸한 표정을 지으면서 이렇게 말했다.

"또 남겼군!"

그레고르는 직접적으로는 아무런 새 소식도 들을 수 없었으나, 많은 일을 엿들었다. 옆방에서 말소리가 들려오기만 하면 그는 곧 그 방문 옆으로 기어가 문 판자에 바짝 몸을 붙였다. 처음 며칠 동안은 모든 화제가 그레고르에 관한 것이었다. 이제 가족들이 어떠한 태도를 취해야 하는가에 대한 대화가 이틀 동안 식사 때마다 계속되었다.

누구도 혼자 집에 있기를 꺼려했다. 그렇다고 집을 비워놓고 전부 나갈 수는 없는 처지인지라 언제나 식구 중 두 사람은 집에 남아 있었다. 이번 사건에 대하여 하녀가 얼마나 알고 있는지는 몰라도 여하튼 하녀는 곧 나가겠다고 어머니에게 애원했다. 15분 후 하녀는 작별 인사를 하고 있었다. 내보내주는 것만으로도 이 집에서 입은 최대의 은혜인 양 감사의 눈물까지 흘렸다. 부탁한 사람도 없는데 하녀는 이번 사건을 아무에게도 말하지 않겠다고 엄숙히 맹세하기까지 했다.

이제 누이동생이 밥을 짓고 음식을 만들어야 했다. 모두 거의 아무것도 먹지 않았기 때문에 부엌일은 힘들지 않았다. 서로 많이 들라고 권하지만, 서로 많이 먹었다고 사양한다는 사실을 그레고르는 귀로 듣고 알았다. 술을 마시는 경우도 없는 것 같았다. 때로 누이동생이 아버지에게 "술을 갖다드릴까요?" 하고 말하는 소리가 들렸다.

"제가 가서 구해올까요?" 하고 누이는 진정으로 말했다. 아버지가 아무 말도 안 하고 앉아 있자 그러면 문지기 할머니를 보내겠다고 했다. 그제야 아버지는 "아니!" 하고 큰 소리로 대답했고 거기에 대해서는 더는 이야기가 계속되지 않았다.

사건이 일어난 첫날, 아버지는 이미 모든 재산 상태와 앞날에 대하여 어머니는 물론 누이에게까지 설명했던 것이다. 때때로 아버지는 책상에서 일어나 5년 전 사업이 파산했을 때 건져낸 조그마한 금고를 열고 증서와 장부 같은 것을 꺼냈다. 복잡한 자물쇠를 열고 아버지가 필요한 물건을 꺼내더니 다시 잠그는 소리가 들려왔다. 이와 같은 아버지의 설명은 그레고르가 어떤 의미에서의 감금 생활을 한 이래 처음으로 들을 수 있었던 기쁜 소식이었다. 사업이 파산했을 때 이후로 아버지는 한 푼도 없는 거지인 줄로 알아왔던 그레고르였다. 그렇지 않다는 말을 아버지의 입으로 들어본 적이 없었다. 그레고르 역시 아버지에게 물어본 적이 없었다. 그 당시 그레고르는 전 가족을 절망 속에 빠뜨린 파산의 쓰라림을 가족들의 뇌리에서 말끔히 씻어주려고 온갖 정력을 기울이고 있었다. 그때부터 그레고르는 미친 듯이 일하기 시작했던 것이다. 그는 순식간에 보잘것없는 일개 점원에서 영업 사원으로 승급했다. 영업을 맡고 있노라면 돈이 들어오는 루트가 있었고, 일한 결과가 수수료의 형식으로 그 자리에서 현금화되었다. 그 돈을 가지고 집에 돌아와 책상 위에 쏟아놓고 식구들을 깜짝 놀라게 하고 기쁘게 해주었던 나다 ……. 그때는 남 부러울 것이 없었는데. 그 후에도 나는 전 가족의 생활비를 부담할 만한 큰돈을 벌었고 생계를 유지시켰지만, 이제 그와 같은 찬란한 시절은 다시 돌아오지 않겠지……. 나나 가족들은 내가 돈을 벌어오는 것에 대하여 만성이 되어버렸던 것이다. 식구들은 감사하게 돈을 받았고 나는 기꺼이 내놓았던 거다. 그러나 처음처럼 특별하게 훈훈한 감정은 일어나지 않았지……. 단지 누이동생만이 나와 가까웠다. 나와는 달리 그애는 음악을 좋아했고 특히 바이올린을 잘 켜는 아이였다. 내년에 음악 학교에 보내려고 마음먹고 있었는데……. 비용이 많이 드는 것 따위는 걱정하지 않았다. 비용이란 다른 수단으로 벌 수 있는 것이니까. 내가 며칠 집에 머물 때면 늘 그애와 음악 학교 이야기를 했지만, 그것은 이루어질 수 없는 아름다운 꿈으로서였을 뿐이었다. 부모님은 우리의 이러한 허물없는 대화조차도 결코 좋아하지 않았다……. 그러나 나는 이 일에 대하여 확고한 신념이 있었고, 이것을 이번 크리스마스를 기해 엄숙히 선언할 참이었다. 그런데…….

그레고르가 문에 기대어 꼿꼿이 서서 이야기 소리에 귀를 기울이고 있는 동안, 현재 그의 입장으로서는 아무 소용도 없는 이러한 부질없는 생각이 머리를 스쳐가고 있었다. 온몸이 노곤해져서 엿듣고 있기가 힘들었고 그만 자기도 모르게 문턱에 머리를 부딪히고서는 또다시 문을 꼭 붙들었다. 이런 일로 생기는 작은 소리까지도 옆방에서는 알아들었고 이런 소리를 의식한 식구들은 일제히 이야기를 멈추었다.

"또 무슨 짓을 하고 있구나" 하고 아버지가 분명히 문 쪽을 향해서 말하고 있었다. 얼마 후 중단되었던 이야기가 다시 시작되었다. 그레고르는 그들의 대화를 자세히 들을 수 있었다. 아버지는 늘 설명을 되풀이하는 습성이 있었기 때문이다. 이런 이야기를 해본 것은 너무 오래전 일이라 어머니는 한 번만 듣고서는 아무것도 알아듣지 못했다. 들려오는 말에 의하면 그 불운했던 파산에도 불구하고 과거의 재산이 아직 조금 남아 있었다. 그동안에 손도 대지 않고 남에게 빌려준 돈에 이자가 약간 붙었다는 것이다. 그 외에도 그레고르가 매달 집에 들여온 돈도 전부 써버린 것은 아니었다. 사실 그레고르는 용돈이래야 단지 2, 3굴덴을 썼을 뿐이며 그래서 얼마 되지는 않지만 그것이 모여 밑천이 될 수 있었던 것이다. 그레고르는 문 뒤에서 머리를 끄덕이며 열심히 들었다. 그가 기대하지 못했던 신중한 식구들의 태도와, 애써 절약하는 태도가 대견스러웠다. 그렇게 남아돌아가는 돈이 있었으면 회사 사장에게 진 빚을 갚아버리고 홀가분히 그 직장을 그만둘 수 있었을 것이다. 그러나 막상 내가 이렇게 되고 보니 아버지의 처사가 더 현명했다고 말할 수밖에 없었다.

돈이 좀 있다고 해도 그것은 적은 액수여서 이자만으로 살아갈 수 있으리라고는 상상도 할 수 없었다. 1년, 잘해야 2년이면 다 바닥나 없어지기 좋은 돈이었다. 애당초 손을 대서는 안 되는 돈이며 만일의 경우를 대비하여 남겨놓아야 할 정도의 돈이었다. 그래서 생활비만은 벌어야 했다. 사실 아버지는 건강하시긴 하지만 이미 늙은 몸이라 5년 동안이나 아무 일도 못 해왔고, 생활에 자신이 없는 사람이었다. 고생만 하고, 아무 보람도 찾을 수 없던 그의 인생에서 그래도 지난 5년의 휴식을 통해 아버지는 몸이 비대해졌다. 어머니는 어떤가 하면 천식이란 고질병 때문에, 집 안을 조금만 돌아다녀도 숨이 가빠지고 다음 날에는 호흡에 곤란을 느껴 창문을 열어놓고 소파에 누워 있어야 되는 형편이었다. 그러면 열일곱 살밖에 되지 않은 누이동생이 벌어야 한단 말인가? 그 애는 아직 너무 어린데다 이제까지 해온 생활이라야 옷이나 깨끗이 입고, 잠이나 실컷 자고, 가끔 집안일이나 도와주고, 가끔 값싼 구경이나 가는 것이 고작이었다. 하나 더 있다면 바이올린을 켠다는 것이리라. 돈이 필요하다는 내용의 이야기가 나올 때마다 그레고르는 문을 떠나 창가에 있는 차가운 가죽 소파에 몸을 던져버렸다. 그의 몸은 슬픔과 수치심으로 확확 달아올랐다.

그레고르는 밤새도록 소파에 누워서 잠을 못 이루고 소파의 가죽만 쥐어뜯고 있을 때가 많았다. 때로는 힘드는 줄도 모르고 의자를 창가로 밀고 가서 창턱에 기어오르기도 하고, 그냥 그 의자에 기어올라 창문에 기대어 전에 창밖을 내다보며 느꼈던 해방감을 추억속에서 되살리기도 했다. 하루하루가 지남에 따라 매일 그렇게 바라보고 있노라면 조금만 거리가 떨어져 있어도 사물이 불분명하게 보였다. 전에는 아침저녁으로 너무도 자주 보여 저주스러웠던 맞은편 병원조차도 이제는 전혀 알아볼 수 없었다. 한적하기는 하나 어디까지나 도회지 맛을 풍기는 샤로텐 거리에 지금 살고 있다는 사실을 기억하지 못하고 있었더라면 회색 하늘과 회색 대지가 서로 합쳐져 분간할 수 없는 지평선이 전개된 어떤 황야를 내다보고 있다고 착각했을지도 모른다. 무슨 일에나 용의주도한 누이동생은 의자가 창가에 와 있는 것을 두 번이나 발견했기 때문에 방을 치우고 나면 언제나 의자를 창가에 밀어놓았고 안쪽 창문까지 열어놓아주었다.

누이동생과 언어로 소통할 수 있어서 그 애가 해주는 모든 일에 감사를 표할 수 있다면 그 애의 봉사를 좀 더 가벼운 마음으로 받아들일 수 있을 것이라고 그레고르는 생각했다. 그렇지 못한 이 현실이 그를 몹시 괴롭혔다. 누이동생은 여러 가지로 불쾌한 이번 일을 잊으려고 애썼다. 날이 지남에 따라 그 아이는 그러한 모든 일을 잘 처리했다. 그레고르도 시간이 지나면서 모든 것을 더 정확하게 관찰할 수 있었다. 동생이 들어오기만 해도 이제는 괴로웠다. 전 같으면 오빠의 방을 아무에게도 보이지 않으려고 온갖 주의를 다 기울이던 것이 이제는 방 안에 들어오기가 무섭게 문을 닫을 생각보다도 곧장 창가로 뛰어가 재빠르게 창문을 활짝 열어젖히고 심호흡을 했다. 아무리 날씨가 추워도 마찬가지였다. 이와 같은 달음질과 소란으로 동생은 하루에 두 번씩 그레고르를 놀라게 했다. 그래서 그레고르는 동생의 일이 끝날 때까지 소파 밑에서 떨고 있어야만 했다. 그레고르도 충분히 이해할 수 있는 일이긴 했다. 동생이 방에 들어와 창을 닫은 채로 일할 수 있다면 결코 그레고르를 이렇게 괴롭히지는 않았을 것이다.

　그레고르의 변신이 있은 지 한 달이 지난 어느 날이었다. 이미 누이동생은 그레고르의 모습을 보고도 아무런 공포심 같은 것을 느끼지 않았다. 한번은 여느 때보다 빨리 온 누이동생이 꼼짝하지 않고 그 자리에 서서 창밖을 내다보던 그레고르와 마주친 일이 있었다. 내가 창가에 있어서 창문을 여는 데 지장이 있으니까 들어오지 않나 보다 하고 누이동생이 들어오지 않는 것을 그레고르는 이상히 여기지 않았다. 그러나 누이동생은 들어오지 않을 뿐더러 뒤로 물러나 문을 닫아버리는 것이었다. 모르는 사람은 아마 그가 누이동생이 들어오기를 기다리고 있다가 물어뜯으려 했다고 말할지도 모르는 일이다. 그레고르는 소파 밑으로 숨어버렸다. 그러나 누이동생은 아무리 기다려도 점심때까지 나타나지 않았다. 그 애의 표정은 다른 때보다 훨씬 불안해 보였다. 아직 그의 꼴을 보는 것이 누이동생에겐 참을 수 없는 일이며 앞으로도 계속 그럴 것이라는 것을 그는 그제야 깨달았다. 소파 밑에서 밖으로 불쑥 나와 있는 그의 몸뚱이를 보고도 도망치지 않는 것은 그 애가 어지간히 자제를 했기 때문이었으리라.

동생에게 추한 자기 모습을 보이지 않기 위해 어느 날 그레고르는 이불을 잔등에 얹고―이 일을 하는 데 무려 네 시간이 걸렸는데―소파 밑으로 운반했다. 그러고 나서 몸을 다 가리도록 이불 표면을 조절했다. 누이동생이 몸을 일부러 굽히고 보아도 보이지 않도록 잘 덮었다. 이불을 뒤집어써도 소용없는 수작밖에 안 된다면 누이동생이 걷어치워줄 것이다. 내가 나 좋으라고 이불을 뒤집어쓴 것은 아니다. 이것쯤은 누이동생도 알아주겠지……. 그러나 누이동생은 이불을 건드리지 않고 있는 대로 내버려두었다. 이렇게 이불을 몸 전체 위에 뒤집어쓴 모습을 누이동생이 어떻게 여기고 있는가를 알기 위해서 그레고르는 이불을 약간 들치고 보았다. 누이동생이 감사하다는 눈매로 바라보는 것 같기도 했다. 변신이 있은 후 2주일 동안 부모는 감히 그레고르의 방에 들어서지 못했다. 다만 시중을 드는 누이동생의 수고를 칭찬하기만 했다. 부모님은 이제까지 누이동생을 두고 쓸데없이 화만 내는 계집아이라고 탐탁치 않게 여겨왔다. 그러나 이제는 누이동생이 그레고르의 방을 청소하는 동안 부모는 방 앞에서 기다리고 있었다. 그러면 누이는 방 안이 어떻고, 오빠가 무엇을 먹었고, 오늘의 거동은 어떻고, 좀 나아가는 징조가 보이느니 하면서 부모에게 자세히 설명을 했다. 어머니도 머지않아 그레고르를 방문할 참이었다. 그러나 아버지와 누이동생이 적당한 이유를 들어 어머니를 만류했다. 그레고르도 그 만류하는 이유를 엿듣고 지당한 일이라고 생각했다. 결국 어머니가 방에 들어오고야 말겠다고 하자 그들은 어머니를 강제로 붙들었다. 그때 어머니가 크게 외치는 소리가 들려왔다.

"놔요! 그레고르에게 가겠어요. 누가 뭐라 해도 그 애는 내 자식이니까요! 내가 가봐야 한다는 것쯤은 알 거 아니에요?"

매일은 아니라 해도 일주일에 한 번쯤은 어머니가 들어오는 것도 좋을 듯했다. 아무래도 어머니가 누이동생보다 모든 것을 더 잘 이해할 테니까. 누이동생은 대담하긴 하지만 아직 어리다. 그런 어린 애가 흔히 갖는 가벼운 기분에서 이 어려운 일을 감당하고 있는 것이리라.

어머니를 보고 싶었던 그레고르의 소원은 곧 이루어졌다. 낮에는 부모를 염려해서 창가에 나타나지 않았다. 그러나 2, 3제곱미터밖에 안 되는 방바닥을 기어다닐 수만도 없었다. 누워 있는 것은 밤만으로 충분했다. 식사에 대해서도 역시 흥미를 잃었다. 따라서 벽이나 천장을 아래위로 기어다니며 기분 전환을 시도했다. 특히 천장에 매달려 있기란 유쾌한 일이었다. 바닥에 누워 있는 것과는 전혀 판이한 기분이었다. 숨쉬기도 편했고 가벼운 경련이 전신에 일어나기도 했다. 천장에 매달려 흐뭇한 기분에 사로잡힌 나머지 방심한 채 발을 떼어 밑으로 떨어져서 깜짝 놀라는 경우도 있었다. 그러나 이제는 전과 달리 몸을 자유롭게 가눌 수 있었기 때문에 높은 곳에서 떨어져도 몸을 다치는 일은 없었다.

누이동생은 그레고르의 새로운 취미를 곧 알아챘다. 왜냐하면 그레고르는 기어다닐 때 여기저기에 찐득찐득한 발자국을 남겼기 때문이다. 그래서 누이동생은 오빠가 기어다닐 수 있는 넓은 공간을 마련해주기 위해 방해되는 가구들을 치우려 했다. 우선 옷장과 책상을 내어갈 예정이었다. 그러나 이런 일은 혼자서는 할 수 없었다.

감히 아버지에게 거들어달라고 할 수도 없는 처지였고 하녀도 도와줄 것 같지 않았다. 열여섯 살 난 새로운 하녀는 먼젓번 하녀가 나간 후 모든 살림을 도맡아 해왔다. 부엌 문은 언제나 꼭 잠가두고 특별한 일이 있을 때만 열어놓았다. 따라서 아버지가 안 계실 때는 어머니를 불러오는 수밖에 별 도리가 없었다.

어머니는 기뻐서 어쩔 줄을 모르고 떠들썩하게 달려왔다. 그러나 그레고르의 방 앞에 이르자 어머니의 목소리는 뚝 그쳤다. 물론 방 안의 모든 것이 잘 정돈되었나를 확인하고 난 다음에 누이동생은 어머니를 방 안으로 안내했다. 그레고르는 당황해서 이불을 깊숙이 뒤집어쓰고 웅크리고 있었다. 이불 전체가 우연히 소파에 던져져 있는 것같이 보였으리라. 이번에도 그레고르는 이불을 들치고 내다보고 싶은 마음이 간절했지만 꾹 참았다. 어머니의 얼굴을 보고 싶었다. 그러나 꾹 참았다. 어머니가 와주신 것만으로도 이를 데 없이 기뻤다.

"들어와요. 오빠는 보이지 않아요."

이렇게 말하며 누이동생은 분명히 어머니의 손을 끌어당기는 모양이었다. 이윽고 연약한 두 여자가 옷장을 끄는 소리가 들렸다. 그러나 누이동생이 도맡아 힘을 쓰고 있었다. 너무 무리하지 말라고 주의를 주는 어머니의 염려스런 음성이 들렸다. 그럼에도 누이동생은 그러한 주의에 귀를 기울이지 않았다. 꽤 오랜 시간이 흘렀다. 15분가량 지났을 때 어머니의 음성이 다시 들렸다.

"이 옷장은 여기 그대로 남겨두는 것이 좋겠구나. 우선 무거워서 옮길 수가 있어야지. 아버지가 돌아오셔야 들어낼 수 있을 것 같다.

옷장을 방 가운데 놓아두면 네 오빠가 다니는 데 불편하겠지만 가구를 다 치워버리면 또 어떻게 생각할지 모르는 일이 아니냐. 그냥 그대로 놓아두는 것이 좋겠구나. 옷장을 치워 텅 빈 벽을 보니 어쩐지 서운한 마음이 앞선다. 그레고르도 오랫동안 이 가구에 정이 들었을 테니까 방 안이 너무 텅 비면 틀림없이 쓸쓸할 거야. 그러니 이걸 그냥 두자."

어머니는 속삭이듯 나직한 목소리로 말했다. 그레고르가 어디 있는지는 몰라도 어딘가에 있으면서 자기의 말을 듣지나 않나 적이 염려하는 말투였다. 그러나 어머니는 그레고르가 사람의 말을 이해한다고는 상상도 못 했다.

"가구를 치워버리는 것은 네 오빠의 회복을 우리가 원치 않는다는 뜻이 되고 또 한편으로는 돌봐주기 싫어서 내버려두는 것이 되지 않겠니? 방은 전처럼 놓아두는 것이 좋을 것 같다만……. 네 생각은 어떠냐? 그리고 네 오빠가 병에서 회복되면 이전과 다름없는 방을 보고 그동안의 일을 쉽게 잊지 않겠니?"

이러한 어머니의 말을 들었을 때 그레고르는 말을 할 수 없는 데다 지루한 나날을 보내는 동안 자신의 머리가 돌지나 않았나 하는 생각이 들었다. 방의 가구를 치워주기를 진심으로 원하는 자신을 설명할 수 있는 길은 자신이 돌았다고 자인하는 것밖에 없었다. 빈 방이 되면 자유롭게 기어다닐 수 있다는 것은 말할 나위도 없다. 그러나 동시에 나의 인간으로서의 과거는 완전한 망각 속에 매장시키는 것이 되며 대대로 물려 내려온 가구가 놓여 있던 인간의 방을 동굴로 변화시키겠다는 심보가 아닌가? 이미 내 과거는 나의 기억에서 거의 사라지고 있지 않은가? 다만 오랫동안 듣지 못했던 어머니의 음성이 나의 정신을 돌이켜주었을 뿐이다. 역시 가구는 한 점도 치워서는 안 된다. 전부 그대로 두어야 한다. 가구가 현재 나에게 끼치는 영향을 제거해서는 안 된다. 쓸데없이 기어다니는 데 방해가 된다 해도 결국 그 방해는 나에게 이익은 될 망정 해는 되지 않을 것이다.

그러나 섭섭하게도 누이동생의 생각은 그렇지 않았다. 그레고르의 문제가 논의된다 하면 그 애가 가장 잘 알고 부모보다도 그의 사정을 훨씬 잘 이해하는 처지였다. 그것은 당연했다. 옷장과 책상만을 치우자는 것이 누이동생의 애당초 생각이었다. 그러던 것이 어머니의 충고를 듣자 공연히 소파를 제외한 일체의 가구를 치우자고 고집 부리기에 이르렀다. 누이동생이 이렇게 주장하게 된 것이 어린애다운 반항심이나 요즘에 와서 자신도 모르게 몸에 밴 자부심의 탓이라고만 말할 수는 없었다. 오빠가 기어다니려면 충분한 공간이 필요하다는 것을 누이동생은 알고 있었다. 사실 누가 보아도 가구가 필요치 않은 것만은 사실이었다. 하기야 그 나이의 소녀들이 갖는 맹목적인 열성 탓도 있을 것이다. 그러한 열성은 기회만 있으면 충족을 위한 출구를 찾는 법이다. 그래서 누이동생은 지금 오빠를 더 비참하게 해놓고 그와 동시에 오빠를 위해서 더 애쓰겠다는 자신의 그 광적인 열성에 사로잡혀 있었고 또 그 열성의 유혹에 빠져 있었다. 텅 빈 방에 그레고르가 혼자 있게 되면 그레테 이외에는 감히 아무도 들어올 수 없을 테니까.

어머니가 충고했다고 해서 자신의 결심을 번복할 마음은 누이동생에겐 조금도 없었다. 어머니는 이 방 안에 있는 것만으로도 불안하고 마음이 흔들리는 것처럼 보였으며 곧 아무 말 없이 옷장을 밖으로 내가는 누이동생을 힘을 다해 거들어주었다. 그레고르에겐 옷장은 없어도 되겠지만 책상은 꼭 있어야 한다. 이윽고 어머니와 누이동생이 옷장을 밀고 방을 나가자, 그레고르는 즉시 소파 밑에서 머리를 내밀고 혹시 신중하고 조심스럽게 저들의 일에 간섭할 방법은 없을까를 생각했다. 그러나 그때 불행히도 어머니가 먼저 이 방으로 돌아왔다. 그레테는 옆방에서 옷장을 붙들고 이리저리 옷장을 추스르고 있었다. 어머니는 그레고르의 모습을 자세히 본 적이 없었기 때문에 어쩌면 크게 기분을 상할는지도 몰랐다. 당황한 그레고르는 재빨리 소파의 저쪽 모퉁이로 뒷걸음질을 쳤으나 벌써 이불의 한쪽이 들먹이게 된 것은 어쩔 수 없었다. 그것은 어머니의 주의를 자극하기에 충분했다. 어머니는 흠칫 놀라서 잠시 숨도 못 쉬고 서 있더니 어쩔 줄을 모르며 누이동생에게로 달려갔다.

뭐 별다른 사건이 일어나는 것은 아니고 가구 두서너 점을 옮길 뿐이라고 그레고르는 속으로 몇 번이고 생각했지만, 가구가 마룻바닥에 닿아 끌리는 소리와 여자들이 드나드는 소리, 그리고 서로 나직하게 부르는 소리, 이런 것들이 뒤범벅이 되어 그것은 그에게 마치 사방에서 밀려오는 대소란 같은 인상을 주었다. 가능한 한 머리와 발을 움츠리고 몸을 마룻바닥에 꼭 부착시킨 채로 있었으나 그는 더는 참을 수 없음을 스스로 말하지 않을 수 없었다. 저들은 내 방을 비우고 있다. 내가 좋아하는 모든 것을 탈취하고 있다. 조그만 톱과 그 밖에 온갖 연장이 들어 있는 상자도 벌써 밖으로 내갔다. 이제 마룻바닥에 꼭 부착된 책상을 흔들고 있다. 상과 대학생 시절, 아니 중학생 시절의 나, 아니 그 이전으로 올라가 초등학교 학생이었던 내가 숙제를 하던 그 책상.

그리하여 그레고르는 어머니와 누이동생이 하고 있는 선의의 일을 고려해줄 여지가 없었다. 아니 그들이 자기의 방에 있다는 사실까지도 그는 까맣게 잊고 있었다. 이미 지친 어머니와 누이는 아무 말 없이 일을 하고 있을 뿐이었고, 그들의 무거운 발자국 소리가 그의 귀를 울렸다.

그는 후다닥 밖으로 기어나왔다. 어머니와 누이는 숨을 돌리기 위해 옆방에서 옮겨간 책상에 몸을 기대고 있었다. 그레고르는 무엇을 이 방에 남겨놓아야 할지 자신도 모르고 있었다. 때마침 텅 빈 벽 위에 걸려 있는 순전히 모피만을 걸친 귀부인의 초상화가 얼른 눈에 띄었다. 그는 재빨리 기어올라가 유리 위에 몸을 부착시켰다. 유리에 몸이 닿자 후끈거리던 복부가 시원해졌다. 지금 온몸으로 가리고 있는 이 그림만은 아무에게도 빼앗기고 싶지 않았다. 그는 어머니와 누이가 돌아오는가를 확인하기 위해서 거실로 통하는 응접실 쪽으로 눈길을 주었다. 어머니와 누이는 별로 쉬지 않고 곧 다시 돌아왔다. 누이는 어머니의 허리를 한쪽 팔로 쓸어 안을 듯한 기세였다.

"어머니, 이번엔 무엇을 나를까요?"

누이는 말하면서 사방을 두리번거렸다. 그때 그레테의 시선과 유리에 붙어 있던 그레고르의 시선이 마주쳤다. 어머니가 바로 옆에 서 있는지라 어쩌지도 못하고 누이는 애써 자신을 억제하면서 어머니가 주위를 돌아보지 못하도록 고개를 어머니 쪽으로 가까이 기울였다.

"어머니, 잠깐만 안방으로 가요!"

이렇게 말하는 누이의 의도를 그레고르는 알 수 있었다. 어머니를 안전한 곳에 데려다놓고 나를 벽에서 쫓아내려는 심사이리라. 자, 네 멋대로 해봐라! 그는 그림 위에 붙어서 그림을 내주지 않겠다고 단단히 마음먹었다. 그림을 내주느니 차라리 너의 얼굴로 뛰어내릴 테다!

그러나 어머니는 처음부터 누이의 말에서 불안함을 의식했다. 어머니는 옆으로 물러서며 꽃무늬가 있는 벽지 위에서 큼직하고 누런 색깔의 점을 발견하고 그것이 그레고르라는 것을 채 깨닫기도 전에 "앗! 저, 저게 뭐냐?" 하고 외치며 두 팔을 벌리고 절망한 듯이 소파 위에 쓰러지더니 그만 꼼짝도 하지 않았다.

"그레고르!"

누이동생은 주먹을 쳐들고 날카로운 눈으로 그레고르를 바라보며 외쳤다. 이 말은 변신한 이래 누이가 그를 향해서 직접 한 최초의 말이었다. 누이는 어머니의 의식을 회복시킬 만한 향유가 있는지 찾기 위해 옆방으로 뛰어갔다. 그레고르도 누이를 도와주고 싶었다. 그림은 아직 무사했다. 그러나 그는 유리에 꼭 붙어 있었기 때문에 몸을 떼기 위해 여간 애쓰지 않으면 안 되었다. 옛날처럼 누이동생에게 무슨 충고라도 해줄 수 있을 것처럼 곧 그는 옆방으로 달려갔다. 그러나 그곳에서 그는 속수무책으로 누이동생의 뒤에 서 있을 수밖에 별 도리가 없었다. 여러 가지 병을 뒤적거리던 누이동생은 뒤를 돌아보더니 깜짝 놀랐다. 병 하나가 마루에 굴러떨어져 박살이 났다. 유리 조각 하나가 날아와 그레고르의 얼굴에 상처를 입히고 무슨 부식제 같은 약물이 그의 몸에 흘렀다. 누이동생은 잠시도 지체하지 않고 될 수 있는 대로 여러 개의 병을 손에 든 채 어머니에게로 뛰어가더니 문을 발로 차서 탕 하고 닫아버리는 것이었다. 그는 이제 그의 잘못으로 죽어가고 있을지도 모르는 어머니와 차단되었다. 문을 열어서는 안 된다. 어머니 곁에 있어야 하는 누이동생을 쫓아낼 생각은 없다. 그에게 이제 기다리는 것 이외에 다른 도리라곤 없었다. 그레고르는 자책과 근심에 휩싸여 기어다니기 시작했다. 벽과 가구와 천장을 이리저리 기어다녔다. 어느덧 방 전체가 자기 주위에서 빙빙 돌아가는가 싶더니, 그레고르는 절망 상태에서 아래의 책상 위로 떨어지고 말았다.

얼마 동안 시간이 흘렀다. 그레고르는 맥없이 누워 있었다. 주위는 조용했다. 아마 그것은 좋은 징조일 것이다. 초인종이 울린다. 하녀는 부엌에 틀어박혀 있었으므로 그레고르가 나가야 한다. 아버지가 돌아오신 거다.

"무슨 일이 있었니?"

아버지의 첫마디였다. 그레테의 표정이 모든 것을 이야기해주었음에 틀림없었다.

"어머니가 기절하셨어요. 이젠 괜찮아요. 그레고르가 기어나왔지 뭐예요."

그레테는 확실치 않은 목소리로 대답했다. 얼굴을 아버지의 가슴에 파묻고 있는 것이리라.

"내 그럴 줄 알았지. 그러니 내가 뭐라든. 여자들이란 사람 말을 안 들어먹는단 말야."

아버지의 말이었다.

누이동생의 너무 간단한 설명을 듣고 아버지는 그레고르가 무슨 난폭한 짓이라도 저지른 것처럼 생각하고 있음이 분명했다. 아버지를 진정시켜야지. 그러나 어떻게 사정을 말로 설명할 수 있는가? 그럴 가능성은 없다.

그레고르는 자기 방문이 있는 쪽으로 달려가 몸을 문에 밀착시켰다. 그렇게 한 의도는 문만 열어주면 당장 방으로 들어가려는 착한 생각을 품고 있다는 사실을 현관에 들어서는 아버지에게 알리고 싶어서였다.

그러나 아버지는 그레고르의 이러한 섬세한 생각을 이해할 수 없었다. "앗" 하는 격분한 것 같기도 하고 기뻐하는 것 같기도 한 외마디 소리를 지르는 것이었다. 그레고르는 머리를 돌려 아버지를 쳐다보았다. 이러한 모습의 아버지를 내가 본 적이 있었던가? 최근에 와서는 기어다니는 데 정신이 팔려 집안이 어떻게 돌아가는지 통 모르고 있는 형편이었다. 애초 달라진 사정과 부딪칠 일을 각오하고 있어야 했을 것이다. 그런데 지금의 아버지의 모습은 어찌 된 일일까? 내가 상점 일로 출장을 떠날 때만 해도 피로해서 침대에 누워 계시던 아버지가 아닌가. 내가 저녁에 돌아오면 잠옷을 입은 채 소파에 앉아 어서 오라고 하시던 아버지…… 잘 일어서지도 못하고 반갑다는 표시를 하기 위해서 겨우 양팔만을 쳐들던 아버지…… 제삿날이나 가족과의 산책 같은 경우를 합쳐서 1년에 한두 번 외출하게 될 때 걸음이 느린 나와 어머니 사이에서 더 느린 걸음으로 발을 옮기며 낡은 외투에 싸여 지팡이를 짚고 걸어가던 아버지……. 무슨 말을 하려면 걸음을 멈추고 옆에 가는 식구들을 자기 가까이로 모으던 아버지. 이분이 바로 그 아버지란 말인가? 지금의 아버지는 꼿꼿이 서 있지 않은가? 마치 은행의 사환과 같이 누런 단추가 달린 파란 옷을 입고 있는 것은 어찌 된 일일까? 빳빳이 선 저고리 깃 위로 살진 턱 살이 뚜렷하게 나와 있다. 짙은 눈썹 밑에서 까만 두 눈이 생기 있게 빛나며 경계하듯 바라본다. 푸석했던 머리가 말끔히 빗질되어 반드르르하게 윤이 난다. 아버지는 모자를 벗어 던졌다. 모자에는 누런 이니셜이 붙어 있었다. 아마 어느 은행의 마크임에 틀림없겠지. 아치형의 선을 그리면서 모자는 소파 위에 떨어졌다. 아버지는 다시 상의를 뒤로 젖히고 양손을 바지 주머니에 넣고서 불쾌하다는 표정을 짓고 흥분한 얼굴로 나를 향해 걸어오는 것이 아닌가? 아버지는 지금 자신이 하려는 짓이 무엇인지조차 모르고 있다. 보통 때보다 훨씬 더 발을 성큼성큼 떼어놓는 그의 구두창을 보니 오싹해졌다.

그레고르는 가만히 있을 수 없었다. 그레고르에게 새로운 생활이 시작된 이래 아버지는 그레고르를 엄격히 다루는 것이 상책이라는 생각을 가지고 있었다. 그레고르도 그 점을 알고 있었다. 그레고르는 달아나기 시작했다. 쫓아오던 아버지가 걸음을 멈추면 그도 걸음을 멈추고 아버지가 움직이는 기색을 보이면 그도 움직였다. 이렇게 그들은 이렇다 할 소동은 부리지 않으면서 벌써 방 안을 몇 바퀴째 돌았다. 아버지의 동작은 느렸기 때문에 뒤따라와서 그를 해칠 것 같지는 않았다. 벽이나 천장으로 달아나도 되겠지만 그렇게 하면 아버지에 대해 무슨 특별한 악의라도 품은 듯한 인상을 줄까 봐 그냥 바닥에 있기로 했다. 여하튼 그레고르는 그렇게 오래 기어다닐 수는 없었다. 아버지가 한 발자국 걷는 동안 그는 무수한 다리 운동이 필요했다. 벌써 숨이 가빠왔다. 전부터 폐가 튼튼한 편은 못되던 터였다. 이렇게 전력을 다해서 기어다니며 비틀거리다 보니 눈도 뜰 수 없을 지경에 이르렀다. 그런 상태에서는 기어다니는 것 외에는 다른 도주 방법을 생각해볼 수도 없었다. 공을 들여 깎은 모서리와 뾰족한 곳 투성이인 가구들로 가려져 있기는 했지만, 그는 자유롭게 벽을 오르내릴 수 있다는 것도 거의 잊고 있었다. 그때였다. 무엇인지 그의 앞에 가볍게 떨어지는 것이 있었고 그것은 그의 앞으로 굴러왔다. 사과였다. 곧 이어 두 번째 사과가 날아왔다. 그레고르는 깜짝 놀라 그만 그 자리에서 발을 멈췄다. 이제 더는 앞으로 도주할 필요도 없어졌다. 아버지가 그를 사과로 폭격하기로 결심했기 때문이다. 아버지는 찬장 위에 있는 과일 접시에서 사과를 꺼내어 주머니에 가득 넣어가지고 왔던 것이다. 처음에는 겨냥도 안 하고 연달아 던졌다. 이 조그마한 사과들은 전기 장치로 조종하는 것처럼 마루 위를 구르며 서로 부딪치기도 했다. 살짝 던진 사과 한 개가 그레고르의 등을 스쳤다. 그러나 다치지는 않았다. 그러나 다음에 날아온 사과가 명중하여 그레고르의 등에 박히고 말았다. 의외로 심한 고통을 진정시켜보려고 그레고르는 서서히 앞으로 몸을 움직이며 안간힘을 다했지만, 등에 못이 박힌 것처럼 아프고 오관이 흐려져서 그만 그 자리에 쓰러지고 말았다. 마지막으로 눈을 떴을 때 그는 자기 방문이 열리면서 비명을 지르고 있는 누이동생 앞으로 어머니가 속옷 바람으로 뛰어나오는 것을 보았다. 어머니가 실신했을 때 숨쉬기 편하도록 누이동생이 어머니의 옷을 벗겨놓았던 것이리라. 어머니는 아버지에게로 뛰어갔다. 뛰어가는 동안 풀어놓았던 옷이 하나하나 밑으로 흘러내렸다. 어머니는 흘러내린 치마와 옷을 밟고 넘으면서 아버지에게로 달려갔다. 아버지에게 꼭 매달린 어머니는 아버지의 뒷머리를 손으로 안아쥐고 그레고르의 목숨을 살려달라고 애원했다. 그러나 그레고르는 더는 볼 수 없었다.

3

등에 꼭 박힌 사과를 빼주려는 사람이 아무도 없었기 때문에 그 것은 마치 기념물처럼 박혀 있었다. 사과로 인해 생긴 큰 상처는 한 달 이상이나 그레고르를 괴롭혔다. 아버지의 생각에도 변화가 왔 다. 그레고르의 현재 모습이 아무리 추하고 밉살스러운 것이라 하 더라도 역시 가족의 일원임에는 틀림없기 때문에 원수처럼 대해서 는 안 되며 그로 인한 불쾌한 감정을 꾹 참는 것이 가족으로서의 의 무라고 느끼는 모양이었다.

그레고르는 그 상처 때문에 영원히 운동 능력을 상실한 것만 같 았다. 우선 방을 가로지르는 데도 굉장히 오랜 시간이 걸렸다. 높은 곳으로 기어올라간다는 것은 생각조차 할 수 없었다. 그러나 그는 이와 같이 악화된 상태에도 그것대로의 만족스런 보상이 따른다고 생각했다. 바꿔 말하면 거실과 그의 방 사이에 있는 문이 저녁때부터 밤까지 열려 있는 일이었다. 그레고르는 문이 열리기 한두 시간 전부터 이미 뚫어지게 문을 바라보기 일쑤였다. 어두운 방 안에 있는 그레고르는 거실 쪽에서는 보이지 않았다. 그러나 반대로 이쪽에서는 가스등이 켜져 있는 탁자에 둘러앉은 가족들의 모습이 환히 보였다. 식구들의 대화를 모두의 허락을 받고 들을 수 있게 된 셈이었다. 이 점이 전과 다른 좋은 점이었다.

축축한 침대 속에 피곤한 몸을 던져야 했던 시절, 그러니까 싸구려 여관방에서 하룻밤을 지내야 하던 시절에는 아늑한 자기 집 안방에서 식구들과 오순도순 나누는 대화가 무척 그리웠는데 그러한 대화는 이제 그레고르의 눈앞에서 전개되지 않았다. 지금은 극히 조용한 분위기뿐이었다. 아버지는 저녁 식사만 끝나면 곧 소파에 앉아 잠이 들었다. 어머니와 누이동생은 서로 조용히 하라고 주의를 주었다. 어머니는 몸을 불 밑으로 깊숙이 숙이고 양장점에서 주문받은 화려한 속옷을 바느질했다. 여점원으로 취직한 누이는 행여 더 나은 직장이라도 얻어볼까 해서 저녁마다 속기와 프랑스어를 공부했다. 아버지는 이따금 눈을 뜨고는 이제까지 자고 있었던 사실을 조금도 의식하지 못하듯이, "당신은 오늘도 너무 오래 바느질을 하는구려!" 하고 어머니에게 말을 던지고는 이내 다시 잠들었다. 그러면 어머니와 누이동생은 피곤한 미소를 서로 주고받았다.

아버지가 집에서도 사환 제복을 벗지 않는 것은 일종의 고집이었다. 그의 잠옷은 공연히 옷걸이에 걸려 있었다. 아버지는 집에서조차 윗사람들의 명령을 대기하며 언제라도 심부름을 각오하고 있기나 하듯이 제복 차림으로 의자에서 조는 것이었다. 애당초 새것이 아니었기 때문에, 아버지의 제복은 깨끗한 맛이 없었다. 그리하여 그레고르는 남루하면서도 어머니와 누이동생의 성화 덕분에 단추만은 언제나 닦인 채로 번쩍번쩍 빛나는 아버지의 사환 제복을 바라보곤 했다. 그런 옷을 입었으니 오죽 답답하랴만 아버지는 포근한 잠을 잘도 주무셨다.

시계가 10시를 치면 어머니는 나직한 목소리로 아버지를 깨워 잠자리에 들어가라고 타이른다. 그곳에선 도대체가 편안히 잠잘 수 없고, 새벽 6시면 출근하는 몸이니 안정된 휴식이 필요하다는 것이었다. 그러나 사환이 된 이래 고집만 세진 아버지는 언제나 테이블 옆에 좀 더 있다 자겠다고 우겨댔다. 그리고 나서 으레 잠에 곯아떨어져버려서 몸을 흔들어 깨워 침대로 보내려면 무진 애를 먹었다. 누이와 어머니가 짤막한 말로 아버지를 타이르며 깨우려 들면 아버지는 고개만 옆으로 천천히 저으며 거의 15분 동안이나 눈을 감고 일어나지 않았다. 어머니는 아버지의 옷소매를 붙잡고 귓속에다 달콤한 말을 속삭인다. 누이동생은 이러한 어머니를 거들기 위해서 공부하던 것을 걷어 치운다. 그러나 아버지는 요지부동이다. 전보다 더 깊숙이 소파에 몸을 파묻는 아버지…….

"이게 사는 거냐? 이게? 이것이 노년에 들어선 나의 휴식이냐?"

아버지는 여자들이 겨드랑이를 들어올리는 통에 잠에서 깨어나서 어머니와 누이동생을 번갈아 쳐다보며 말하는 것이다. 드디어 아버지는 두 여자에게 의지하여 일어나서는 두 여자에게 이끌려 짐짝처럼 무겁게 느껴지는 자기 몸을 문 쪽으로 끌고 간다. 문에 와서는 이제는 됐으니 가라고 손짓을 하고 혼자서 걸어나간다. 어머니는 하던 바느질을 집어던지고 누이는 펜을 치우고 아버지를 거들기 위해 뒤쫓아 나간다.

이렇게 일에 시달리는 가족들이고 보니 누가 필요 이상으로 나를 돌보아줄 수 있겠는가? 살림은 날이 갈수록 쪼들렸다. 이젠 하녀도 돌려보냈다. 다만 몸집이 크고 머리에는 백발이 날리는 늙은 여자가 아침저녁 시간제로 와서 힘든 일을 도와주었다. 따라서 어머니는 바느질 품을 파는 일에 그치지 않고 다른 모든 허드렛일을 도맡아서 했다. 가계를 돕기 위해 심지어는 어머니와 누이동생이 모임이나 축제 때에 달고 다녔던 옛날 패물까지도 팔아야 했다. 값을 얼마나 받아야 하는지 서로 의논하는 소리를 듣고 그레고르는 모든 것을 알아차렸다. 그러나 가장 큰 문제는, 현재로서는 너무 큰 이 집을 떠날 수 없다는 것이었다. 그레고르를 옮겨가는 것이 난관이었기 때문이다.

나 때문에 이사하지 못한다고 말할 수는 없다. 다른 이유가 또 있다. 까짓 두서너 개의 공기 구멍이 뚫린 상자에다 나를 집어넣으면 되지 않는가? 오히려 이사를 못하는 이유는 절대적인 절망감……. 그러니까 친척이나 친지들 중에 아무도 당하지 않은 불행이 하필 우리에게만 닥쳐왔다는 억울한 생각, 이런 것이 얼른 이사하지 못하게 하는 이유였다. 따라서 세상이 가난한 자들에게 강요하는 온갖 어려운 일을 우리 가족들은 기를 쓰고 해나갔다. 아버지는 은행의 말단 행원에게까지 아침밥을 날라다주었으며, 어머니는 낯모르는 사람들의 속옷을 꿰매는 데 여념이 없었고, 누이동생은 고객의 명령에 따라 진열장 뒤에서 이리 뛰고 저리 뛰었다. 그러나 그들의 노력에는 한계가 있었다.

어머니와 누이는 아버지를 침대에까지 운반한 다음 다시 되돌아와서 일을 끝마치고 서로 볼이 마주칠 만큼 가까이 다가앉는다. 그런 장면을 보며 그레고르는 등의 상처가 새로 생긴 듯이 쑤시는 것을 느낀다.

"이제 저 문을 닫아라."

어머니는 그레고르의 방을 가리키며 이렇게 누이에게 말할 것이고 문이 닫히면 그레고르는 다시 어둠 속에 혼자 남게 될 것이며, 옆방의 어머니와 누이동생은 말없이 눈물을 흘리거나 물끄러미 탁자를 바라보고 앉아 있을 것이다.

그레고르는 낮이건 밤이건 잠이라고는 거의 잘 수 없었다. 때때로 다음번 문이 열릴 때는 옛날처럼 집안 살림을 내가 전적으로 감당해야지 하는 생각도 해보았다. 오랜 시간 생각한 끝에 그레고르의 뇌리에 사장과 지배인, 점원과 견습 점원, 이를 데 없이 우둔했던 사환 아이, 다른 회사에 근무하는 친구들 서너 명의 모습이 떠올랐다. 또한 어느 시골 여관의 하녀, 그립고도 허망한 추억, 진정으로 그러나 이미 때가 늦어서 구혼했던 모자 상회의 회계원, 이러한 인간들의 모습이 낯선 사람과 벌써 잊혀진 사람들과 뒤범벅이 되어 그의 눈에 어른거렸다. 이들은 나를 대신하여 우리 가족을 도와주기에는 너무 먼 곳에 있는 사람들이었다. 따라서 이들의 영상이 그의 뇌리에서 사라지자 그는 기분이 좋았다. 그러나 다음 순간 가족을 다시 돌봐주고 싶다는 생각은 어디론가 사라지고 없었다. 나를 푸대접하는구나 하는 분노만이 그의 의식을 지배했다. 어떤 음식이 식욕을 일으킬는지는 몰라도 입맛을 돋울 음식이라도 찾아보기 위해 찬장이 있는 부엌에까지 갈 계획을 세워보기도 했다. 무슨 음식을 주면 내가 잘 먹을까를 더는 생각해보지도 않게 된 누이동생은 아침과 정오에 급히 상점으로 가기 전에 아무것이나 불쑥 발로 밀어넣는 형편이었다. 그다음엔 내가 그 음식에 입을 댔나, 통 대지 않았나 살펴보지도 않고 비로 쓸어가버리는 것이었다. 청소는 또 어쩌면 그렇게 쉽게 할 수 있을까? 더러운 줄이 벽에 온통 그려져 있었고 여기저기에 먼지와 쓰레기가 굴러다녔다. 처음에 그레고르는 몸짓으로나마 어느 정도 비난을 표시하려고 누이동생이 들어오는 시간에 가장 더러운 곳에 가서 앉아 있었다. 아무리 오래 그곳에 머물러 있어봤자 누이동생을 변화시키기는 어려웠다. 누이동생도 그레고르와 마찬가지로 그 더러운 쓰레기를 보았음에 틀림없었다. 그러나 그 애는 짐짓 오물을 남겨두기로 결심한 모양이었다. 그레고르의 방 청소는 자기의 특권이며 아무도 이 특권을 침해해서는 안 된다고 느낀 누이동생은 오히려 전에 없이 신경을 곤두세웠다. 한번은 어머니가 그레고르의 방을 대청소한 일이 있었다. 어머니는 서너 통의 물로 대청소를 해치웠던 것이다. 물청소 때문에 습기가 많아져 그레고르를 괴롭힌 것은 사실이다. 그때 그레고르는 성난 채 소파 위에 넓적한 몸뚱이를 웅크리고 있었다. 그런데 저녁에 벼락이 떨어졌다. 그레고르의 방문을 열고 변화를 알아차린 누이동생이 감정이 무척 상했던지 안방으로 달려갔다. 어머니가 애원하듯이 손을 쳐들어 말리는데도 불구하고 그 애는 울음을 터뜨렸다. 아버지는 소파에서 놀란 표정으로 깨어났다. 부모는 처음엔 영문을 몰라 멍하니 바라볼 수밖에 없었다. 우는 이유를 안 아버지는 오른쪽에 있는 어머니를 향해서 그 방 청소를 왜 그 애에게 일임하지 않았느냐고 꾸짖고, 왼편에 있는 누이동생을 보고는 이제 다시는 어머니가 청소를 못 하도록 하겠노라고 소리쳤다. 어머니는 가서 주무시라며 흥분해서 어쩔 줄 모르는 아버지의 팔을 끌었다. 흐느끼며 몸부림치던 누이는 조그마한 주먹으로 테이블을 꽝 쳤다. 다들 소동을 벌이느라 그레고르가 이러한 소란과 소음을 보고 듣지 않도록 그 방문을 닫아주려는 사람은 아무도 없었다. 그래서 그레고르도 성이 머리끝까지 치솟아 큰 소리로 씩씩댔다. 설사 누이동생이 자기 일에 지쳐 그레고르를 옛날처럼 돌봐주지 않는다고 해도 어머니가 대신 들어올 필요는 없었으며 그렇다고 해도 그레고르가 소홀히 취급되는 것은 아니었다. 왜냐하면 고용한 하녀가 있었기 때문이다. 한평생 최악의 온갖 어려운 고비를 넘겨온 강한 체력의 소유자인 늙은 하녀는 그레고르의 모습을 보고도 혐오의 빛을 드러내지 않았다. 호기심에서가 아니라 우연히 그 할멈은 그레고르의 방문을 연 적이 있었다. 그때 그레고르는 몰아대는 사람이 없었음에도 몹시 당황한 나머지 이리저리 기어다니기 시작했다. 할멈은 두 손으로 아랫배를 움켜쥐고 당황한 그레고르의 모습을 바라보았다. 그때부터 할멈은 저녁마다 그레고르의 방문을 열어 서슴지 않고 들여다보았다.

"이리 오렴, 늙은 말똥벌레야."

"어머! 이놈의 늙은 말똥벌레 좀 보게!"

할멈은 분명히 다정한 음성으로 불렀다. 이러한 할멈의 말에 그레고르는 아무 대꾸도 하지 않았다. 문이 애당초 열리지도 않은 것처럼 움직이지도 않고 제자리에 누워 있었다. 생각나는 대로 할멈이 나를 괴롭히는데 그러느니 이 방 청소나 해주었으면 좋겠다고 명령하고 싶었다.

어느덧 다가올 봄날을 알리는 비가 요란하게 창문을 두드리는 어느 이른 아침이었다. 할멈이 또다시 전과 다름없는 말투로 그레고르를 놀리기 시작하자, 그레고르는 그만 화가 치밀어 느리고 약하기는 했으나 덤벼들기라도 할 듯이 할멈을 향해 몸을 돌렸다. 그러나 할멈은 무서워하기는커녕 문 옆에 놓여 있는 의자를 높이 쳐들고 입을 딱 벌린 채 그대로 서 있는 것으로 보아, 들고 있던 의자로 정말 그레고르의 등을 내리치고서야 벌린 입을 다물 의도인 것 같았다.

"덤벼봐라, 이놈아!"

그레고르가 다시 몸을 돌이키자 할멈은 이렇게 말하면서 의자를 가만히 구석에다 내려놓았다.

이 무렵에 들어서자 그레고르는 거의 아무것도 입에 대지 않았다. 기어다니다가 갖다놓은 음식 옆을 우연히 지나치게 되면 장난삼아 조금 입에 넣어보는 정도였다. 그것도 한 시간쯤 물고 있다가 그대로 뱉어버리는 때가 많았다. 방 안 환경이 변하여 식욕이 나지 않는 것이라고 생각해보았다. 그러나 그 변한 환경에 그는 곧 적응할 수 있었다. 식구들은 다른 방에 둘 수 없는 물건들을 이 방에 가져다놓았던 것이다. 이곳에 물건을 들여오게 된 이유는 방 하나를 비워 세 사람을 하숙시켰기 때문이었다. 그레고르가 문틈으로 내다보니 세 사람의 하숙인들은 모두 털보였다. 이 점잖은 신사들은 환경에 대해서 몹시 민감했다.

자기들뿐 아니라 이 집에 하숙한 이상 집 안 전체, 특히 부엌은 청결해야 한다고 참견하고 나섰다. 그들은 쌓아둘 곳이 없어 그냥 널브러진 물건이 있으면 신경질을 부렸다. 게다가 제 나름으로 세간이 많았다. 이리하여 많은 물건들을 쌓아둘 자리가 부족했다. 그렇다고 팔 수도 내버릴 수도 없는 것들이었다. 그래서 모두 그레고르의 방으로 옮겨진 것이다. 부엌에 있던 재를 버리는 상자와 쓰레기통까지 들어왔다. 할멈은 당장 필요하지 않은 것이 눈에 띄기가 무섭게 그레고르의 방으로 밀어넣었다. 다행한 일이라면 날라 오는 물건과 그 물건을 든 할멈의 손만이 보였다는 사실이다. 적당한 시기가 오면 그런 물건은 다시 가져가겠거니 했으나 사실인즉 처음 갖다놓은 장소에 무작정 그대로 던져져 있었다. 그레고르는 이런 물건들 사이를 돌아다닐 수 없었다. 자유롭게 기어다닐 통로가 없었다. 그는 어쩔 수 없이 그 물건들을 옆으로 치웠다. 이렇게 힘에 겨운 일을 하며 기어다니고 나면 당장 쓰러질 것 같은 피로와 적막감이 온몸을 엄습하여 근 한 시간은 꼼짝 못하고 누워 있었다. 그러나 그러한 물건들을 옮겨놓는 데 점점 흥미를 느끼게 되었다.

하숙인들이 저녁 식사를 하게 되면 식구들이 공동으로 사용하는 거실을 제공했다. 따라서 저녁 식사 동안 그레고르의 방문은 늘 닫혀 있었다. 그레고르는 문이 열렸으면 하는 희망을 버리고 말았다. 전에 문이 열렸다고 해서 내가 그 문을 이용한 적이 있었던가? 가족들의 눈에 띌까 봐 컴컴한 구석에 누워 있던 내가 아닌가? 그런데 어느 날 밤 할멈이 거실 문을 약간 열어놓았다. 그 문은 하숙인들이 저녁을 먹으러 들어와서 불을 켤 때까지 열려 있었다. 하숙인들은 전에 아버지와 어머니, 그리고 그레고르가 식사를 했던 식탁 윗자리에 자리잡고 앉더니 냅킨을 펴고 나이프와 포크를 손에 들었다. 얼마 후 고기 접시를 든 어머니가 나타났고 그 뒤를 이어 수북하게 쌓인 감자 접시를 든 누이동생이 들어왔다. 김이 무럭무럭 오르며 나는 음식 냄새가 구미를 돋우었다. 하숙인들은 먹기에 앞서 음식을 검사라도 하듯이 앞에 놓인 접시를 들여다보았다. 아닌게 아니라 그들 중 두목격인 사내가 접시의 고기를 한 점 칼로 썰었다. 연하게 구워지지 않았으면 부엌으로 퇴짜라도 놓을 기세로 여러 사람 앞에서 도도히 검사했다. 그러나 마음에 든 모양이었다. 그제야 긴장한 표정으로 들여다보던 어머니와 누이동생은 안도의 한숨을 내쉬며 미소를 지었다.

식구들은 부엌에서 식사했다. 그러나 아버지만은 부엌으로 가기 전에 거실에 들러 모자를 벗어 손에 들고 인사를 한 후 식탁을 휘돌아보았다. 하숙인들도 모두 일어섰다. 그러고는 수염에 덮인 얼굴로 무어라고 중얼거렸다. 아버지가 나가고 하숙인들만이 남게 되자 그들은 거의 아무 말 없이 침묵 속에서 식사를 계속했다.

식사하는 그들의 모습을 바라보고 있는 그레고르에게 가장 이상스러운 것은 음식을 씹는 와삭와삭 하는 소리였다. 그 소리는 마치 음식을 먹으려면 이가 필요한 법이며 이가 없는 턱은 아무리 멋있게 생긴 턱이라도 무용지물이라는 사실을 입증하는 웅변처럼 그레고르의 귀에 들려왔다.

"나도 구미가 동하는데. 하지만 저런 음식은 싫어. 저들은 잘 먹어치우고 있지만 내가 저런 음식을 먹다간 죽기 딱 좋지."

그레고르는 혼자 중얼거렸다.

바로 이날 저녁이었다. 부엌 쪽에서 바이올린 소리가 들려왔다. 변신한 뒤 줄곧 저 바이올린 소리를 까맣게 잊고 있던 그레고르였다. 하숙인들은 어느덧 식사를 마쳤고, 그중 두목격인 사내가 한가운데 앉아 신문을 꺼내어 다른 두 사내에게 한 장씩 나누어주었다. 그들은 의자에 몸을 묻고 신문을 읽으면서 담배를 피웠다. 바이올린 소리가 들려오자 그들은 일제히 일어서서 긴장한 몸짓으로 가만가만 현관 쪽으로 걸어가서 부엌 문 앞에 모여 섰다. 부엌에서도 그들의 발걸음 소리를 알아차린 눈치였다.

"여러분, 바이올린 소리를 싫어하십니까? 곧 그만두게 하겠습니다" 하고 아버지의 목소리가 울려나왔다.

"천만에요. 그럴 리가 있습니까. 이왕이면 아가씨가 이쪽으로 와서 연주해주십시오. 그편이 훨씬 편하고 유쾌할 것 같은데……" 하고 두목격인 사내가 말했다.

"그렇게 하십시다."

이렇게 아버지는 자기가 바이올린을 연주한 장본인인 것처럼 말했다. 하숙인들은 거실로 돌아와서 기다렸다. 오래지 않아 아버지가 보면대를 들고 악보는 어머니가 들고 바이올린은 누이동생이 든 채 세 사람이 나타났다. 누이동생은 침착한 태도로 연주할 준비를 갖추었다. 이제까지 살아오는 동안 한 번도 하숙을 친 일이 없었기 때문에 아버지는 하숙인들에게 지나칠 정도의 예의를 갖추었다. 따라서 부모는 자기들 자리에 앉으려고도 하지 않았다. 아버지는 문에 몸을 기대고 서서 꼭 여민 제복 단추 사이에 오른손을 찔러넣고 있었다. 그러나 어머니는 하숙인 한 사람이 권한 자리에 앉았다. 그 자리는 구석자리였지만 어머니는 그대로 앉아 있었다.

누이동생은 이윽고 바이올린을 연주하기 시작했다. 아버지와 어머니는 각각 자리에서 딸이 연주하는 동작을 주의 깊게 바라보았다. 바이올린 소리에 정신을 빼앗긴 그레고르는 약간 대담한 태도를 보이며 머리를 거실 안으로 디밀었다. 그는 요사이 자기 이외에 타인에게 관심을 두지 않고 지내온 것을 의아하게 생각하지도 않았다. 이전에는 남의 일에 관심을 쏟았고 그것을 자랑으로까지 여기던 그레고르였다. 그리고 지금 이 순간에는 그에겐 은신하고 있어야 할 이유가 전보다 더 많았다. 왜냐하면 그가 조금만 움직여도 방안 이곳저곳에 쌓여 있는 먼지가 푹석푹석 일어 그의 몸뚱이는 완전히 먼지를 흠뻑 뒤집어쓰고 있는 상태였기 때문이다. 실밥, 머리칼, 음식 찌꺼기 같은 너절한 것들을 등과 옆구리에 줄줄 달고 다녔다. 전에는 등을 아래로 하고 뒤집어 누운 채 양탄자에다 몸을 문질렀지만 만사에 대한 무관심으로 이제는 그럴 의욕을 잃었다. 이렇게 먼지를 뒤집어쓴 채 말끔한 안방으로 기어가면서도 그는 조금도 부끄럽지 않았다.

더욱이 그레고르에게 관심을 갖는 사람은 하나도 없었다. 가족들은 바이올린 연주에 완전히 정신을 팔고 있었다. 하숙인들은 바지 주머니에 양손을 찔러넣고 누이동생의 보면대 바로 뒤에 서 있었다. 그들은 모두 악보를 들여다볼 수 있는 위치였다. 확실히 누이동생에겐 방해가 되었을 것이다.

갑자기 그들은 머리를 숙이고 나직한 음성으로 무엇인가 속삭이더니 창문 옆으로 물러갔다. 아버지는 불안한 시선으로 그들을 바라보았다. 달콤하고 흥미 있는 바이올린 연주를 들을 수 있으리라고 기대했다가 그만 실망하고 싫증이 난 모양이었다. 다만 인사로 조용히 듣고 있음이 분명했다. 그들이 코와 입을 통해서 허공으로 담배 연기를 내뿜는 모습으로 보아 그들은 분명히 초조해하고 있었다. 누이동생은 여전히 훌륭한 연주를 계속했다. 고개를 옆으로 갸우뚱하니 기울이고 감상에 젖은 슬픈 표정으로 악보를 훑어내려가고 있었다. 그레고르는 좀 더 앞으로 기어갔다. 될 수 있는 대로 누이동생의 시선과 마주치기 위해서 머리를 마룻바닥에 꼭 부착시켰다. 이렇게 음악 소리에 감동을 느끼는 자도 짐승이란 말인가? 그가 바라던 미지의 양식에 이르는 길이 펼쳐졌다. 그레고르는 누이동생 곁으로 기어가려는 참이었다. 누이동생의 치맛자락을 끌어당겨 내 방으로 와주었으면 좋겠다는 희망을 알릴 심사였다. 왜냐하면 이 방에 있는 사람치고 나만큼 누이동생의 연주를 칭찬해줄 수 있는 사람은 하나도 없다. 나는 나의 생명이 붙어 있는 한 내 방에다 누이동생을 두고 싶다. 그의 흉악한 모습이 처음으로 쓸모 있을 것 같았다. 내 방문은 어느 문이건 지켜 서서 들어오는 놈들한테 덤벼들리라. 그러나 누이동생에게 강요라는 것은 있을 수 없다. 자유로운 상태로 내 옆에서 지내게 해줘야 한다. 나란히 소파에 앉아서 나의 쪽으로 그 애의 머리를 기울이도록 해야지. 너를 음악 학교에 보내고야 말겠다는 굳은 결심을 했었노라고 말해줘야지. 이런 불행한 사건만 일어나지 않았더라면 지난 크리스마스 저녁에 여러 사람 앞에서 나의 계획을 발표했을 것이라고 말해줘야지. 벌써 크리스마스는 지났나? 이런 이야기를 하면 그 애는 분명 감격의 눈물을 흘릴 것이다. 그러면 어깨까지 올라가 그 애의 목에 키스를 해줘야지⋯⋯. 누이동생은 직장에 나가면서부터는 리본도 칼라도 없이 목을 드러내고 다녔다.

"잠자 씨!"

갑자기 가운데 남자가 아버지에게 소리를 치더니 더는 말도 없이 천천히 앞으로 기어나오는 그레고르를 손가락으로 가리켰다. 바이올린 소리가 끊어졌다. 두목격인 그 남자는 머리를 옆으로 저으면서 친구들에게 미소를 던지고 다시 그레고르 쪽을 쳐다보았다. 아버지는 그레고르를 쫓아내는 것보다는 하숙인들을 진정시키는 것이 더 시급하다고 생각한 모양이다. 그러나 하숙인들은 놀라기는커녕 도리어 바이올린 연주보다도 그레고르에게 흥미를 느끼는 것 같았다. 아버지는 그네들 앞으로 뛰어가서 양팔을 벌리고 하숙인들을 그들 방으로 돌려보내기 위해 애를 쓰는 동시에 자기 몸으로 그레고르가 보이지 않도록 가리려고 했다. 그때 그들은 약간 화를 내는 눈치였다. 아버지의 행동에 대해서 화를 냈는지, 또는 그레고르 같은 것이 이웃 방에 살고 있던 것을 몰랐다가 그제야 알게 되어 화를 낸 것인지는 알 수 없는 일이었다. 그네들은 아버지에게 해명을 요구하고 그네들 쪽에서도 팔을 벌리며 불안한 표정으로 어름어름 수염을 만지작거리면서 천천히 자기네들 방으로 물러갔다. 그동안 누이동생은 연주를 중단하고 잠시 정신없이 서 있었다. 얼마 동안 축 늘어뜨린 두 손에 바이올린과 활을 쥐고 계속 연주를 하려는 듯이 악보를 들여다보다가 다시 정신을 차리더니, 숨이 막히는 듯 가슴을 들먹거리며 그때까지 안락의자에 앉아 있던 어머니 무릎 위에 악기를 놓고 앞질러 옆방으로 뛰어갔다. 하숙인들은 아버지에게 쫓겨서 그 방으로 급히 다가오고 있었다. 누이동생은 익숙한 솜씨로 침대에 있던 이부자리와 베개를 펼치더니 순식간에 정돈해놓았다. 하숙인들이 방으로 몰려들기 전에 침대를 정돈하고 그 애는 빠져나왔다. 아버지는 또다시 자기 고집에 사로잡혀 늘 하숙인들에게 베풀던 친절조차 잊어버린 것 같았다. 아버지는 계속 그네들을 밀어내고 있었다. 그러나 방문에까지 왔을 때 두목격인 남자가 발을 굴렀기 때문에 아버지는 그만 발걸음을 멈춰야 했다.

"저는 이 자리에서 선언하지만……."

그 남자는 한쪽 손을 쳐들고 어머니와 누이동생을 힐끗 바라본 다음 이렇게 말했다.

"현재 이 집과 이 가족을 지배하고 있는 불쾌한 상태를 고려해서—."

여기서 그 남자는 단호하게 마룻바닥에 침을 뱉었다.

"저는 방을 해약하겠습니다. 물론 지금까지의 하숙비는 한 푼도 지불할 수가 없습니다. 그와 반대로, 잘 생각해보십시오, 나는 쉽게 입증이 될 손해 배상을 당신들에게 청구할지를 고려해보겠습니다."

그 남자는 입을 다물고 마치 무엇을 기대하는 것처럼 자기의 앞쪽을 똑바로 쳐다보았다. 이윽고 그의 두 친구들이 곧 입을 열었다.

"우리도 역시 이 자리에서 해약하겠습니다."

그러고 나서 그 두목격인 남자는 문의 손잡이를 쥐고 냉정한 태도로 문을 닫았다.

　아버지는 손을 더듬어가며 비틀거리더니 그만 의자 위에 쓰러지고 말았다. 손발을 늘어뜨리고 전과 같이 저녁잠을 자는 것처럼 보였으나 불안정한 듯이 머리를 끄덕이는 것으로 보아 그는 잠을 자고 있는 것이 아니었다. 그레고르는 그동안 하숙인들이 자기를 발견한 바로 그 자리에 조용히 웅크리고 있었다. 그는 그의 계획이 실패한 것에 실망한 데다 오랫동안 굶은 것이 원인이 되어 허약해진 몸을 도저히 움직일 수가 없었다. 그는 머지않아 그의 몸에 기어이 닥쳐오고야 말 전체적인 붕괴 현상을 확실히 느끼면서 그 순간을 기다리고 있었다. 그때 어머니의 떨리는 손에서 미끄러진 바이올린이 어머니의 무릎에 떨어지며 커다란 소리를 냈지만 그레고르는 조금도 놀라지 않았다.

　"어머니 아버지!"

　누이동생은 이야기를 시작하기 전에 손으로 탁자를 두드렸다.

　"더는 이렇게 지낼 수는 없어요. 어머니와 아버지는 깨닫지 못하고 계실지 모르지만 저는 잘 알고 있어요. 저는 이런 괴물 앞에서 그레고르라는 이름을 입 밖에 내고 싶지 않아요. 그래서 제가 말씀드리고자 하는 것은 우리가 저것에게서 벗어나야 한다는 것이에요. 우리는 저것을 먹여 살리면서 참고 지내는 데 인간으로서 할 수 있는 일은 다했습니다. 우리를 조금이라도 비난할 사람은 없을 거예요."

　"그래, 네 말이 옳다."

　아버지는 혼잣말처럼 중얼거렸다. 아직도 완전히 숨을 돌리지 못한 어머니는 어안이 벙벙한 시선으로 숨이 가쁜 듯 손을 입에 대고 기침을 하기 시작했다. 누이동생은 어머니 옆으로 달려가서 이마를 짚어주었다.

아버지는 누이동생의 말을 듣고 무언지 마음속으로 결심이라도 하는 것 같았다. 똑바로 앉아서 하숙인들이 저녁 식사를 한 후 아직 식탁 위에 놓여 있는 접시들 사이에서 자신의 사환 모자를 만지작거리며 이따금 가만히 웅크리고 있는 그레고르를 쳐다보았다.

"우리는 저것에게서 벗어나야만 해요."

그때 누이동생이 다짐하듯이 말했다. 어머니는 기침 때문에 아무 말도 듣지 못한 것 같았다.

"저것은 어머니와 아버지의 생명을 빼앗을 겁니다. 어쩐지 저는 그렇게만 생각돼요. 우리 모두 힘들여 일해야 할 텐데, 이렇게 끝없는 두통거리를 집에 놓고 참을 수 있겠어요? 저는 더는 참을 수가 없어요."

이렇게 말하며 누이동생이 격렬히 울음을 터뜨리는 바람에 어머니의 얼굴에서도 눈물이 흘러내렸으나 누이동생은 기계적으로 손을 움직여 어머니의 얼굴에서 눈물을 닦아주었다.

"얘야."

아버지는 너그러운 마음으로 동정하듯이 이렇게 말했다.

"그러면 우리는 어쩌면 좋단 말이냐?"

누이동생은 무슨 구체적인 의견이 있었던 것은 아니라는 듯이 어깨를 들먹거릴 뿐이었다. 잠시 우는 동안에 그처럼 단호하던 마음도 사라지고 도리어 어쩔 줄을 몰라 망설이는 태도였다.

"저놈이 알아듣는다면……."

아버지는 반쯤 물어보는 듯이 말했다. 누이동생은 울면서 그런 일은 아예 생각지도 말라는 듯이 한쪽 손을 자꾸 내저었다.

"저놈이 알아듣는다면……."

아버지는 같은 말을 되풀이하고, 그런 일은 도저히 불가능하다는 누이동생의 확신을 자기도 그대로 긍정한다는 듯이 눈을 감았다.

"그렇다면 저놈하고 의논할 수도 있을 텐데……. 하지만 저래가 지고서는……."

"내쫓아야 해요."

누이동생이 외쳤다.

"그러는 수밖에 없어요, 아버지. 저것이 그레고르라는 생각을 버리세요. 이제껏 너무 오랫동안 그렇게 믿어왔던 것이 우리 자신의 불행이었어요. 어째서 저것이 그레고르란 말이에요? 만일 정말 그레고르라면 사람이 저런 동물과 함께 살 수 없다는 것쯤은 벌써 알아차리고 자기 스스로 나가버렸을 겁니다. 그러면 오빠는 없어졌을 망정 우리는 안심하고 살면서 언제까지나 오빠를 존경하며 떠올릴 수 있겠지요. 그런데 저것은 우리를 괴롭히고 하숙인들을 쫓아내고 나중에는 아마 이 집 전체를 점령하고 우리까지 길거리에서 밤을 새우게 할 거예요. 저것 좀 봐요, 아버지."

누이동생은 갑자기 이렇게 외쳤다.

"또 장난을 시작했어요."

그레고르에 대한 알 수 없는 공포에 사로잡히면서 누이동생은 어머니 곁을 떠나 마치 자기가 그레고르 옆에서 희생되느니 어머니를 희생시키는 편이 낫다는 듯이 어머니의 의자 뒤로 피해가더니 어느 덧 아버지 뒤로 달려갔다. 아버지는 누이동생의 태도에 흥분한 듯 자리에서 일어나 누이동생을 보호하려는 것처럼 두 팔을 앞으로 들 어올렸다. 그러나 그레고르는 누이동생은 물론 어느 누구한테도 공 포심을 일으키려는 생각은 조금도 없었다. 그는 단지 그의 방으로 돌아가려고 몸을 돌리기 시작한 것이었다. 그의 비참한 상태로는 몸을 조금만 돌리려고 해도 머리의 힘을 빌려야 했다.

그래서 수없이 여러 번 머리를 들어올렸다가는 마루 위에 내리치 는 이런 기묘한 동작은 이상하게 눈에 띄었다. 그는 그 짓을 그만두 고 사방을 돌아보았다. 그레고르의 악의 없는 의도는 그래도 알아 차린 것 같았다. 그들의 놀라움은 순간적인 것으로 그쳤고, 이제는 모두 아무 말도 없이 슬픈 표정으로 그를 바라보고 있었다. 어머니 는 의자에 누워서 두 발을 모아 쭉 뻗고 있었다. 누이동생은 한 손으 로 아버지의 목을 껴안고 있었다. 자, 이제는 방향을 돌려도 되겠지 생각하고 그레고르는 다시 돌기 시작했다. 그는 그 일에 지쳐서 애 써 숨을 돌리며 이따금 쉬기도 했다.

그 밖에는 아무도 그를 괴롭히는 사람은 없었다. 그가 하는 대로 내버려두는 것이었다. 그는 방향을 돌려 자기의 방으로 곧장 돌아 가기 시작했다. 그는 자기 방까지의 거리가 이렇게도 멀게 느껴진 것은 처음이었기 때문에 새삼 크게 놀랐다. 쇠약한 몸으로 어떻게 이 같은 거리를 자기도 모르게 기어나왔는지 그저 신기할 따름이 었다.

빨리 기어가려는 생각뿐이었기 때문에 가족들의 말소리나 외침이 그를 방해하지 않은 데 대해 그는 거의 주의하지 못했다. 겨우 문 앞까지 갔을 때, 간신히 한번 돌아보려고 했으나 목이 말을 잘 듣지 않았다. 목이 굳어진 것 같았다. 그러나 그의 뒤쪽으론 여전히 변화가 없었고 다만 누이동생이 일어나 있는 것이 보였다. 그때 그의 마지막 시선이 어머니를 힐끗 스쳤다. 어머니는 잠이 들어 있었다.

그가 방 안에 들어서자마자 사납고 재빠르게 문이 닫히더니 문고리가 내려지며 잠겼다. 그 갑작스런 소란에 그레고르는 너무나 놀라서 다리가 휘청거릴 정도였다. 그렇게 성급히 굴어댄 사람은 누이동생이었다. 누이동생은 일어나서 기다리고 있다가 번개같이 달려나왔던 것이다. 그레고르는 전혀 누이동생의 발자국 소리를 듣지 못했다. 누이동생은 열쇠를 열쇠 구멍에 넣어서 돌리며, "끝났어요!" 하고 양친을 향해서 외쳤다.

'자, 이제 어쩌지?'

그레고르는 자문해보며 어둠 속에서 주위를 돌아보았다. 그는 더는 움직일 수 없음을 깨달았다. 그는 그것을 별로 이상하게 여기지 않았다. 오히려 이와 같이 가느다란 다리로 지금까지 걸어다닐 수 있었다는 것이 이상스럽게 생각될 정도였다. 한편으로는 어느 정도 쾌감까지 느껴지고 있었다. 사실 그는 온몸이 아팠지만, 점점 아픈 것이 가라앉고 결국 머지않아서 완전히 사라질 것 같았다. 등에 박힌 썩은 사과도, 얇게 먼지가 덮인 그 주위의 염증도 느끼지 못한 지 벌써 오래되었다. 말할 수 없는 동정과 애정을 느끼며 그는 가족들을 돌이켜 생각해보았다. 자신이 없어져야 한다는 그의 생각은 누이동생의 생각보다 훨씬 더 단호했다. 교회의 탑시계가 새벽 3시를

칠 때까지 그는 내내 이런 허전하고 평화로운 명상에 잠겨 있었다. 그는 창밖에서 세상이 환해지는 것을 느꼈다. 그러자 그의 머리가 그도 모르게 밑으로 푹 수그러졌다. 그리고 그의 콧구멍에서는 마지막 숨이 가늘게 흘러나왔다.

아침 일찍이 할멈이 왔을 때—그런 짓만은 제발 하지 말라고 몇 번이나 타일렀는데도 순전히 힘이 넘치는 데다 성미까지 급한 탓에 문이라는 문은 모조리 쾅쾅 닫아버리는 바람에 이 할멈이란 자가 오면 온 집안사람들이 더는 편히 잠을 잘 수가 없을 지경이었다—여느 때와 같이 잠깐 그레고르의 방을 들여다보았으나 처음에는 아무런 이상도 느끼지 못했다. 할멈은 그가 일부러 꼼짝도 않고 웅크린 채 불쾌한 태도를 보이고 있다고 생각했다. 할멈은 그가 모든 것을 다 이해하고 있다고 생각했던 것이다. 그 여자는 때마침 손에 기다란 비를 들고 있었기 때문에 문밖에서 비로 그레고르를 간지럽혀 보려고 했다.

그래도 아무 반응이 없자, 그 여자는 화가 나서 그레고르를 약간 안으로 밀어보았다. 그레고르가 아무 저항도 없이 자리에서 밀려갔을 때 비로소 할멈은 놀란 눈으로 다시 살펴보았다. 곧 그 진상을 알게 되자 할멈은 눈이 휘둥그레져서 혼자 휘파람을 휘휘 하고 불었다. 할멈은 그 자리에서 주저하지 않고 즉시 잠자 부부의 침실 문을 열어젖히고 어둠 속을 향해서 큰 소리로 외쳤다.

"좀 와봐요. 저것이 뻗었어요. 저기 널브러져서 그만 뻗어버리고 말았어요!"

잠자 부부는 후딱 침대에서 일어나 할멈의 보고 내용을 알아보기는커녕 우선 그 여자 앞에서 당황한 자기들의 꼬락서니를 숨겨야만 했다. 잠자 부부는 기겁을 하며 침대 좌우로 내려와, 잠자 씨는 어깨 너머로 담요를 걸치고 부인은 잠옷을 입은 채 침실에서 나와 그레고르의 방으로 들어갔다. 그러는 동안에 하숙인들이 들어온 후로 그레테가 침실로 쓰는 거실의 문도 열렸다.

그레테는 전혀 잠을 자지 않았던 것처럼 완전한 옷차림이었다. 마치 한잠도 자지 않은 것 같았다. 무엇보다도 창백한 얼굴이 그것을 증명해주었다.

"죽었다니?"

잠자 부인은 이렇게 말하면서 믿을 수 없다는 듯이 할멈을 쳐다보았다. 물론 자기가 알아보아도 알 수 있는 일이고 알아보지 않더라도 알아차릴 수 있는 일이었다.

"죽은 것 같습니다."

할멈은 이렇게 말하고 증거라도 보이려는 듯이 비로 그레고르의 시체를 옆으로 쑥 밀었다. 잠자 부인은 그 비를 가로막으려는 듯 보였으나 실제로 막지는 않았다.

"그러면 우리는 하느님께 감사드려야 되겠구나."

잠자 씨는 이렇게 말했다. 그는 가슴에 십자가를 그었다. 세 사람의 여자들도 그가 하는 대로 따라했다.

그때까지 시체에서 눈을 떼지 않고 있던 그레테가 입을 열었다.

"좀 보세요. 어쩌면 저렇게 말랐을까요. 벌써 오래전부터 아무것도 먹지를 않았어요. 먹이는 들어간 그대로 다시 되돌아나오곤 했어요."

사실 그레고르의 몸은 너무 말라서 뱃가죽이 등에 달라붙어 있었다. 이미 발로 서 있는 것도 아니고. 사람들은 구경을 방해할 아무것도 없는 지금에야 그것을 알게 되었다.

"그레테, 이리 좀 온."

잠자 부인은 쓸쓸한 미소를 지으며 말했다. 그레테는 시체를 돌아보며 양친의 뒤를 따라 침실로 들어갔다. 할멈은 문을 닫고 창문을 활짝 열어젖혔다. 아직 이른 아침이지만 신선한 공기는 훈훈한 맛이 있었다. 어느덧 3월 말이었던 것이다.

세 하숙인들은 방에서 나와 아침 식사를 찾았으나 모두 어리둥절한 표정이었다. 하숙인 같은 것은 생각지도 못하고 있었다.

"아침 식사는 어디 있어요?"

그들 중에서 두목격인 남자가 불쾌한 듯이 할멈에게 물었다. 그러나 할멈은 손가락을 입에 대고 아무 말도 없이 서두르라는 듯 그레고르의 방에 와보라고 손짓을 했다. 그들은 그레고르의 방으로 가서 다소 낡은 웃옷 주머니에 두 손을 찌르고 이미 환하게 밝은 방 안에서 그레고르의 시체를 둘러싸고 서 있었다.

그때 침실 문이 열렸다. 잠자 씨는 사환 제복을 입고 한쪽 팔은 부인에게 또 한쪽 팔은 딸에게 부축을 받으며 나타났다. 세 사람은 모두 눈물에 젖은 얼굴들이었다. 그레테는 때때로 아버지의 팔에 얼굴을 묻었다.

"당장 우리 집에서 나가주시오!"

잠자 씨는 이렇게 말하고 두 여자를 붙들었던 손으로 현관을 가리켰다.

"무슨 말씀인지요?"

그 두목격인 남자가 약간 놀란 표정으로 달래듯이 미소를 지으며 말했다. 나머지 두 사람은 뒷짐을 진 채로 끊임없이 손을 비비고 있었다. 마치 자기들에게 유리하게 한바탕 벌어지게 될 언쟁을 반가이 기다리는 것 같았다.

"지금 제가 말한 그대로입니다."

잠자 씨는 이렇게 말하고 두 여자를 옆에 데리고 나란히 서서 하숙인 앞으로 걸어갔다. 두목격인 남자는 꼼짝도 않고 그 자리에 서서 마치 머릿속으로 여러 가지 일을 다시 정리하는 듯이 잠시 마루 위를 내려다보고 있더니, "그러시다면 나가지요" 하고 말하며 잠자 씨를 쳐다보았다. 마치 그 남자는 별안간 겸손한 기분으로 이와 같은 자기들 결심에 대해서 주인에게 새로 승인이라도 구하려는 것 같았다. 그러나 잠자 씨는 눈을 부릅뜨고 그저 몇 번 고개를 끄덕일 뿐이었다. 그러자 그 남자는 곧 현관방으로 뚜벅뚜벅 들어갔다. 두 친구는 손가락 하나 움직이지 않고 잠시 귀를 기울이고 있었으나 곧 그의 뒤를 따라갔다.

마치 잠자 씨가 자기들보다 먼저 현관 방으로 들어가 자기들과 두목 사이를 가로막지나 않을까 두려워하는 것 같았다. 현관 방에서 그 세 사람은 옷장에서 모자를 꺼내고 지팡이를 세워두었던 곳에서 지팡이를 집어들고 아무 말도 없이 인사만을 하고 집을 나섰다. 잠자 씨는 두 여자를 데리고 계단 앞으로 나갔지만 그의 의혹은 단순한 기우에 지나지 않았다. 난간에 기대어 밑을 바라보고 있던 세 신사가 천천히 계속해서 발을 옮기며 긴 계단을 내려가는 것을 확실히 보았던 것이다. 잠자 씨와 두 여자는 각 층의 계단을 돌아갈 때마다 잠시 보이지 않았다가 다시 또 나타나는 그들의 모습을 내려다보고 있었다. 그들이 더욱 밑으로 내려갈수록 그들에 대한 잠자 가족의 관심도 점점 사라져갔다. 저 밑에서 세 신사를 향해서 올라오던 푸줏간 점원이 그들을 지나쳐 머리에 짐을 이고 뽐내듯이 터벅거리며 계단을 올라올 때야 비로소 잠자 씨는 여자들을 데리고 난간을 떠나 가벼운 기분으로 집 안으로 들어왔다.

그네들은 오늘 하루를 휴식과 산책으로 보내려고 했다. 그네들은 쉬어야 할 충분한 이유가 있었을 뿐만 아니라 쉴 필요가 있었다.

그래서 잠자 씨는 자기 지배인에게, 잠자 부인과 그레테는 고용주에게 각각 결근계를 썼다. 결근계를 쓰고 있을 때 할멈이 아침 일이 다 끝났으니까 집으로 돌아가겠다고 말했지만 그들은 글을 쓰던 채로 얼굴도 들지 않고 고개만 끄덕거렸다. 그러나 할멈이 좀처럼 그 자리를 떠나려고 하지 않았던 까닭에 그들은 화를 내며 얼굴을 들었다.

"왜 그러고 있소?"

잠자 씨가 물었다. 할멈은 문 옆에서 미소를 지었다. 마치 그 여자는 가족들에게 매우 반가운 사연을 알리려고 왔지만, 상대방이 캐어묻지 않으면 알려주지 않겠다는 듯한 태도였다. 그 여자의 모자 위에는 타조의 날개털 하나가 빳빳이 꽂혀서 가벼이 이리저리 흔들리고 있었다. 할멈이 집에 와서 일하는 동안 내내 잠자 씨는 그 날개털이 몹시 비위에 거슬렸다.

"아직 무슨 일이 있어요?"

잠자 부인이 물었다. 할멈은 이 집에서 부인을 가장 존경하고 있었다.

"네……."

할멈은 이렇게 대답을 하고 정답게 웃으면서 그 이상 말을 계속하지 못했다.

"저, 옆방에 있는 물건을 치워버릴 걱정은 조금도 마세요. 벌써 제가 다 치워버렸습니다."

잠자 부인과 그레테는 결근계를 계속해서 쓰려는 듯이 고개를 숙이고 있었다. 잠자 씨는 할멈이 전후 사정을 다 털어놓으려는 것을 알아차리고 손을 내밀어 단호히 거절했다. 거절을 당하자 할멈은 자기가 해야 할 화급한 일이 생각나서 나간다는 듯이 기분이 상한 목소리로, "여러분, 안녕히 계세요" 하고 획 돌아서더니 무섭게 문을 쾅 닫아버리고 그만 집을 나섰다.

"저녁에 돌아오면 할멈을 내보내."

잠자 씨가 이렇게 말했으나 부인이나 딸은 아무 대답도 없었다. 모처럼 안정을 얻었는데 할멈이 다시 무슨 불안을 가져올지 몰랐기 때문이다. 어머니와 딸은 자리에서 일어나 창문 옆으로 가서 서로 부둥켜안았다. 잠자 씨는 의자에 앉아서 몸을 돌리더니 잠시 조용히 그네들을 쳐다보고 있었다. 그리고 그는 이렇게 말했다.

"자, 그만 이리 좀 와. 지난 일을 자꾸 생각해서 뭘 해. 자, 내 생각도 좀 해줘야 하지 않아."

어머니와 딸은 아버지한테로 달려가서 그를 위로하고 급히 결근계를 썼다.

그러고 나서 그네들은 같이 집을 나섰다. 몇 달 동안 이런 일은 처음이었다. 전차를 타고 교외로 나갔다. 찻간에는 그들뿐이었다. 따스한 햇빛이 흘러들었다. 그들은 편안히 앉아 등을 기대고 장래에 대한 이야기를 주고받았다. 자세히 생각해보면 그들의 앞날은 전혀 희망이 없는 것도 아니었다. 이제까지 서로 물어볼 기회가 없었지만, 그래도 세 사람의 직업은 훌륭한 것이었으며 앞으로도 유망하리라 생각되었기 때문이다. 우선 당장에 필요한 집 안 환경을 개선하는 문제는 이사를 함으로써 쉽게 해결될 것 같았다. 그들은 그레고르가 택한 현재의 주택보다 작고 집세가 싸지만 그래도 위치가 좋고 무엇보다도 실용적인 주택을 택하려고 했다.

그들이 이와 같이 이야기하고 있는 동안 잠자 씨와 그의 부인은 점점 활기를 띠어가는 딸의 모습을 바라보았다. 최근의 온갖 고생으로 그 애의 얼굴이 다소 창백했음에도 불구하고 그들의 딸이 아름답고도 탐스러운 처녀로 활짝 피어났음을 느낄 수 있었다. 잠자 부부는 아무 말도 없이 시선으로 마음을 주고받으면서 앞으로 딸을 위해 좋은 신랑감을 얻어주어야 할 때가 올 것이라고 생각했다.

그리고 드디어 전차가 목적지에 다다랐을 때, 딸이 제일 먼저 일어나 토실토실한 젊은 육체를 쭉 펴자 그들에겐 그 모습이 마치 새로운 꿈과 아름다운 계획을 보증해주는 것만 같았다.

유형지에서

"신기한 장치지요."

장교는 탐험가 쪽을 돌아보며 이렇게 말하고, 놀란 빛까지 띠며 눈에 익은 그 장치를 바라보았다. 이 탐험가로 말하면 탐험 도중에 있는 여행자였다. 상관의 명령을 어기고 모욕한 어떤 사병의 사형 집행에 참석해달라는 사령관의 요청에 그 여행자가 응한 것은 다만 예의에 지나지 않는 것이었다. 사실 그런 처형에 대한 흥미는 유형 지에서도 그리 대단한 것은 아니었다. 적어도 이 살벌한 언덕으로 사방이 둘러싸인 모래밭의 좁고 깊숙한 골짜기에는 장교와 탐험가 이외에 머리가 더부룩하고 얼굴이 꺼칠한, 입이 우둔해 보이고 몸 집이 큰 사형수와 사병 한 사람이 있을 뿐이었다. 사병이 붙잡고 있 는 묵직한 쇠사슬은 죄수의 발목과 손목, 목에 따로따로 묶은 쇠사 슬을 합친 것이었다. 어쨌든 그 죄수는 처량하게 몸을 내맡기는 모양새가 마치 자유롭게 언덕 위를 뛰어다니라고 놓아주어도 처형이 시작될 때 호각만 불면 반드시 돌아올 것같이 유순하기 이를 데 없었다.

탐험가는 그러한 장치에 대해서 그리 흥미를 느끼지 못하고 자신과는 아무런 관계도 없다는 표정으로 죄수의 뒤에서 이리저리 어슬렁거렸다. 그와는 달리 장교는 땅속 깊숙이 세워진 장치 밑으로 기어들어가기도 하고 사다리로 올라가서 장치 위를 조사하기도 하면서 마지막 준비를 갖추고 있었다. 그러한 일은 기관사한테라도 맡겨두면 되는 일이었으나 장교는 이 장치에 남달리 애착을 느끼는 모양이었다. 그렇지 않으면 어떤 다른 이유가 있는 성싶었다. 섣불리 아무에게나 맡길 수 없기 때문인지 몰라도 하여튼 그는 몹시 부지런을 피우면서 여러 가지 일을 도맡아 했다.

"자, 이만하면 준비는 다 됐습니다."

장교는 그제야 이렇게 외치며 사다리를 타고 내려왔다. 많이 피곤한지 입을 벌리고 숨을 헐떡이면서 군복 칼라 속에 부드러운 부인용 수건 두 개를 쓸어 넣었다.

"그런 군복을 입고서야 무거워서 열대 지방에서 어떻게 견뎌내시겠소?"

탐험가는 장교의 기대를 묵살하기나 하듯이 장치에 대해서는 일언반구도 없이 말했다.

"정말 그렇습니다."

장교는 이렇게 대답하고 기름으로 더러워진 두 손을 준비해두었던 물통에서 씻었다.

"그래도 이 군복은 조국의 선물인걸요. 우리는 조국을 잃어버리고 싶지 않아요. 그건 그렇고 자, 이 장치를 좀 보세요."

장교는 곧 말을 덧붙이고 수건으로 손을 닦으면서 그 장치를 가리켰다.

"지금까지는 손으로 일했지만 이제부터는 저 장치가 혼자서 다 해줍니다."

탐험가는 머리를 끄덕이면서 장교의 뒤를 따랐다. 장교는 어떤 사고가 일어날 경우 자신을 변명할 구멍을 마련하겠다는 듯이 이렇게 말했다.

"물론 고장날 때도 있지요. 오늘은 고장이 없어야 할 텐데. 하여튼 고장이 나는 걸 각오해야 해요. 이 장치는 열두 시간 동안 쉴새없이 도니까요. 그러나 고장이라야 그리 대단한 것은 아니고 금방 수리가 된답니다."

드디어 그는 무더기로 쌓여 있는 등나무 의자 가운데서 하나를 꺼내더니 "좀 앉으시지요" 하며 탐험가에게 권했다. 탐험가는 사양할 수도 없었다. 그는 커다란 구멍의 언저리에 앉아 그 안으로 힐끗 시선을 던졌다. 구멍은 그리 깊지 않았다. 구멍 한쪽엔 파헤친 흙이 둑처럼 높이 쌓여 있고 다른 쪽에는 그 처형 장치가 놓여 있었다.

"사령관께서 당신께 이 장치를 설명하셨는지는 모르겠습니다만……"

장교는 말했다.

탐험가는 애매하게 아니라는 듯이 손을 저었다. 장교는 자기 입으로 장치에 대한 설명을 할 수 있는 기회가 온 것을 몹시 흐뭇해하는 눈치였다.

"이 장치로 말하자면……."

이렇게 말하면서 장교는 크랭크 하나를 붙잡고 몸을 기댔다.

"우리의 전임 사령관이 발명한 것인데 저는 이러한 계획의 실행 초기부터 여러 가지로 사령관을 도와드리면서 완성될 때까지 모든 일에 협력해왔습니다. 물론 이 발명은 오로지 전 사령관의 공로라고 하겠습니다. 당신은 전 사령관에 대해서 들은 적이 있습니까? 이 유형지를 완전히 꾸며놓은 것은 전적으로 그 양반 혼자의 힘이었다고 해도 과언이 아닐 겁니다. 그가 세상을 떠난 다음에도 그분과 가까이 지내던 저희들은 유형지의 설계가 완전 무결한 것이라고 믿어왔습니다. 후계자들이 제아무리 많은 계획을 세워도 소용없는 일이며 앞으로 적어도 몇 해 동안은 옛날 상태를 변경할 수 없으리라는 것을 알고 있었습니다. 저희들의 예언이 꼭 맞았어요. 신임 사령관은 이 점을 느끼지 않을 수 없었습니다. 전임 사령관을 모르시다니 섭섭하군요. 그런데."

장교는 잠시 숨을 돌리고 나서 말을 이어갔다.

"너무 떠들어서 안됐습니다만 그가 설계한 장치가 바로 우리 앞에 있는 이것입니다. 아시다시피 세 개의 부분으로 되어 있습니다. 시간이 경과함에 따라 어느덧 각 부분에, 말하자면 속칭이 붙게 되었습니다. 하부를 침대라고 하고 상부를 제도기라 부르고 있답니다. 그리고 한가운데 늘어져 있는 부분을 써레라고 합니다."

"써레요?"

탐험가는 물었다. 탐험가는 그 이야기에만 귀를 기울이고 있는 것은 아니었다. 태양이 사정없이 내리쬐고 있어 그늘 하나 없는 골짜기는 숨이 막힐 지경이었고 그는 자기 생각을 걷잡기 힘들었다. 그런 와중에도 커다란 견장을 달고 몇 줄기 모르(끈)를 드리운 빳빳한 군복을 입은 장교는 부지런을 떨면서 자기가 하는 일을 설명할 뿐만 아니라 이야기하는 동안에도 나사돌리개를 들고 이리저리 뛰어다니며 나사를 매만지는 것이 아닌가. 이러한 장교의 모습을 보면서 탐험가는 더욱 놀라지 않을 수 없었다. 죄수에게 매인 사슬을 양쪽 팔목에 감은 사병은 한 손으로 총을 삽고 그 팔에 봄을 기대면서 머리를 아래쪽으로 푹 늘어뜨린 채 아무 관심도 없다는 몸짓이었다. 탐험가는 그러한 태도를 별로 이상하게 여기지 않았다. 장교는 프랑스어로 말을 했는데, 사병도 사형수도 프랑스어를 전혀 몰랐기 때문이다. 그럴수록 죄수는 그래도 어떻게 해서든지 장교의 설명을 들으려고 애쓰는 모습이 완연했다. 졸린 눈꺼풀을 치켜뜨며 죄수는 항상 장교가 가리키는 쪽으로 시선을 던졌다. 그래서 그때 탐험가의 질문으로 이야기가 중단되자 죄수도 장교와 같이 탐험가 쪽으로 눈을 돌렸다.

"그렇습니다. 써레입니다."

장교는 말했다.

"이름이 근사하지요. 바늘이 써레 모양으로 여러 개 달려 있을 뿐 아니라 그것이 곧 써레의 역할을 하니까요. 다만 그 역할이 한곳으로 집중되는 것이 다를 뿐이지 써레보다 더 교묘하게 되어 있답니다. 하여튼 곧 아시게 될 겁니다. 이 침대 위에 죄수가 눕게 됩니다. 우선 이 장치를 설명하고 실제 운전은 나중에 보여드릴까 합니다.

그래야 돌아가는 대로 잘 이해할 수 있을 겁니다. 그리고 제도기의 톱니바퀴가 몹시 닳아서 기계가 돌기 시작하면 소리가 대단합니다. 그렇게 되면 서로 이야기하는 것도 들리지 않게 됩니다. 유감이지만 이 지방에서는 예비 부속품을 마련하기가 매우 힘들거든요. 요컨대 이것이 지금 말씀드린 침대입니다. 탈지면으로 꾸민 요가 깔려 있지요. 그 용도는 앞으로 아시게 될 거구요. 이 요 위에 죄수가 넙죽 엎드리게 됩니다. 물론 그때는 홀딱 벗지요. 이것이 꼼짝할 수 없게 손을 졸라매는 가죽띠예요. 이것은 발을 졸라매는 가죽띠고요. 이것은 목을 졸라매는 가죽띱니다. 지금 말씀드린 바와 같이 죄수의 얼굴이 놓이는 이쪽 침대 머리맡에는 이렇게 자그마한 펠트 뭉치가 있습니다. 이것은 조절하기도 쉬운데, 죄수의 입속으로 들어가게 되어 있습니다. 소리 지르거나 이를 뿌득뿌득 가는 것을 막기 위해서지요. 물론 사형수는 펠트를 입에 물지 않을 수 없게 되어 있어요. 그렇지 않으면 목에 맨 가죽띠 때문에 목덜미가 부러지는 수도 있으니까요."

"이것이 탈지면인가요?"

탐험가는 이렇게 묻더니 사실을 확인하려는 듯이 허리를 굽히고 머리를 쑥 들이밀었다.

"그렇습니다."

장교는 히죽 웃으면서 말했다.

"좀 만져보세요."

그러더니 장교는 탐험가의 손을 끌어가서 침대 위를 어루만져보도록 했다.

"특별히 준비한 탈지면입니다. 보기에는 조금도 보통 것과 다르게 없지요. 이 요의 용도에 대해서는 앞으로도 말씀드릴 기회가 있을 것입니다."

그쯤 되니까 탐험가도 그 장치에 마음이 쏠리게 되었다. 손으로 햇볕을 가리며 탐험가는 그 장치의 꼭대기까지 주욱 훑어보았다. 참 희한한 구조였다. 침대와 제도기는 크기가 비슷한 것이 마치 두 개의 컴컴한 궤짝같이 보였다. 제도기는 약 2미터 떨어져서 침대 위에 장치되어 있고 아래위로 지른 놋쇠 방망이로 사방 네 귀가 서로 얽매여 있었다. 그 네 개의 놋쇠 방망이는 햇빛을 받아 번쩍번쩍 빛나고 있었다. 그리고 그 두 개의 궤짝 사이로 철사에 매인 써레가 늘어져 있었다.

탐험가의 조금 전까지의 무관심한 태도를 전혀 눈치채지 못하고 있던 장교는 지금에 와서 느끼기 시작한 탐험가의 흥미에 대해서는 곧 알아차린 모양이었다. 탐험가에게 마음껏 관찰할 수 있는 시간의 여유를 주기 위해 장교는 잠시 설명을 중단했다. 죄수는 탐험가의 시늉을 하고 있었다. 그러나 손을 눈 위에 댈 수가 없었기 때문에 그냥 눈만 실낱같이 뜨고 깜빡거리는 시선으로 바라보기만 했다.

"그런데 이 남자가 저기에 엎드리게 될 모양이죠?"

탐험가는 이렇게 말하면서 의자에 깊이 몸을 파묻고 다리를 꼬았다.

"그렇습니다."

장교는 이렇게 말하며 제모를 약간 젖혀 쓰고 손으로 자신의 뜨거운 얼굴을 어루만졌다.

"좀 들어보세요. 침대와 제도기에도 각각 전지가 달려 있습니다. 침대는 그대로 전지가 필요하지만 제도기에는 써레 때문에 전지가 필요합니다. 저 죄수를 꼼짝 못하게 졸라매면 침대는 곧 움직이기 시작해서 매우 빠르면서도 가볍게 상하좌우로 흔들리게 되죠. 이것과 비슷한 장치를 병원 같은 데서 보신 일이 있으실 겁니다. 다만 우리 침대에서는 모든 운동이 정확히 기계 장치에 의해 나타나는 것뿐입니다. 다시 말하면 침대의 운동은 조금도 어김없이 써레의 운동과 일치해야 합니다. 그러면 이 써레가 실제 형의 집행을 담당하게 되니까요."

"대체 어떤 판결이지요?"

탐험가는 물었다.

"아직 모르십니까?"

장교는 이렇게 말하고 입술을 깨물었다.

"설명이 두서가 없어서 죄송합니다. 용서하십시오. 그런데 이전에는 사령관이 설명하게 되어 있었습니다. 그런데 이번 신임 사령관은 이렇게 명예스러운 직책을 스스로 포기하고 말았습니다. 무엇보다도 당신같이 훌륭한 분이 찾아오셨는데……."

이때 탐험가는 양손으로 상대방이 표하는 경의를 거절하려고 했으나 장교는 어디까지나 그러한 말투였다.

"이처럼 고귀하신 분에게 신임 사령관이 판결의 형식조차 알리지 않은 처사는 앞으로 마땅히 시정해야 할 것입니다. 그런……."

하마터면 욕지거리라도 튀어나올 뻔했지만 장교는 자기를 억제했다.

"아무 연락도 없었으니 제 책임은 아니지요. 그건 그렇다 해두고 판결 방식에 대해서 유감없이 설명할 사람은 역시 저밖에 없을 것입니다. 지금 이렇게,"

장교는 자기 가슴의 주머니를 두드리며 말했다.

"저는 전임 사령관이 남기신 여러 가지 도안을 갖고 있으니까요."

"사령관이 손수 그린 겁니까?"

탐험가는 이렇게 이어서 물었다.

"그러고 보니 그분은 못하는 일이 없으셨군요? 군인이며, 판사며, 기사며, 화학자인 동시에 또한 도안가였던가요?"

"물론 그렇습니다."

장교는 어떤 생각에 잠긴 듯이 한 곳만을 응시한 채 머리를 끄덕이더니 어름어름 자기 손을 바라보았다. 그러한 설계도를 만지기에는 너무 손이 더럽다고 생각했는지도 모른다. 그는 물통이 놓인 곳으로 가서 다시 한번 손을 씻더니 자그마한 지갑을 꺼내들고 말했다.

"이 지방에서 내리는 판결은 결코 엄하다고 생각되지는 않아요. 죄수의 몸에 그 죄수가 범한 죄목이 새겨질 뿐입니다. 말하자면 이 죄수 말씀인데요."

장교는 옆에 있는 죄수를 가리켰다.

"저 녀석의 몸뚱이에는 네 상관을 존경하라고 새겨질 것입니다."

탐험가는 힐끗 사형수를 쳐다보았다. 장교가 그를 가리켰을 때 그 죄수는 머리를 푹 숙이고 조금이라도 더 들어보려고 애써 귀를 기울이는 것 같았다. 그러나 꼭 다문 두툼한 입술의 움직임은 확실히 아무것도 이해하지 못했다는 것을 보여주고 있었다. 탐험가는 여러 가지 사실을 물어보고 싶었으나 죄수가 눈앞에 있는 까닭에 이렇게만 묻고 말았다.

"본인은 판결 내용을 알고 있습니까?"

"모르고 있습니다."

장교는 이렇게 대답하고 나서 곧 해오던 설명을 그냥 계속하려는 눈치였다.

그러나 탐험가는 그의 이야기를 가로막으며 물었다.

"자기 판결도 모른단 말이오?"

"모릅니다."

장교는 같은 말을 반복하며 탐험가의 질문에 대한 상세한 답을 생각해내려는 듯이 잠시 말이 없었다. 이윽고 잠시 후 이렇게 말했다.

"알릴 필요가 없지 않아요? 실제로 체험하게 될 테니까요."

이때 죄수가 자기에게로 시선을 던지고 있음을 깨달은 탐험가는 더는 말하려 하지 않았다. 어쩐지 죄수가 자기에게 지금 장교가 한 말을 당신은 시인할 수 있는가 어떤가 묻고 싶어하는 듯했다. 그러므로 탐험가는 돌렸던 몸을 다시 앞으로 세우고 이렇게 물었다.

"그래도 자기가 어떤 선고를 받았는가 하는 것쯤은 알 게 아닙니까?"

"그것도 모르고 있습니다."

이렇게 대답하고 나서 장교는 탐험가의 색다른 의사 표시라도 기대하기나 하듯이 그를 바라보며 미소를 띠었다.

"아, 그렇습니까?"

탐험가는 이마를 어루만졌다.

"그러면 지금에 와서도 죄수는 자기의 변명이 어느 정도 통했는 지조차도 모르고 있겠군요?"

"변명할 기회는 주어서 뭐 합니까?"

이렇게 말하고 난 장교는 이런 자명한 사실을 말해봤자 탐험가에게 쑥스러운 기분만 안겨주는 것이 되니 그만둔다는 표정으로 혼잣말을 하듯 시선을 돌리고 말았다.

"변명할 기회쯤은 주어야지요."

탐험가는 이렇게 말하며 의자에서 일어났다.

장교는 장치 설명에 너무 오랜 시간을 소비하지나 않았나 해서 근심하는 눈치였다. 그래서 그런지 탐험가에게로 다가와서 그의 팔을 붙잡으며 한 손으로 죄수를 가리켰다. 그제서야 죄수는 분명히 자기가 화제에 오르고 있음을 깨닫고 쑤욱 몸을 일으켰다. 사병도 그 때문에 사슬을 끌어당겼다. 장교는 말했다.

"사실은 이렇습니다. 저는 이 유형지에서 판사로 임명되어 있습니다. 아직 젊지만 유형지에서 범죄 사건이 있을 때마다 언제나 전임 사령관을 보좌했을 뿐 아니라, 이 장치에 대해서도 누구보다 잘 알고 있습니다. 제가 판결을 내릴 때 원칙으로 삼고 있는 것은 어떤 범죄건 결국 의심할 여지 없이 명확하다는 것입니다. 물론 다른 재판소에서는 이런 나의 원칙을 지킬 수 없겠지요. 판사가 많을 뿐 아니라 앞으로 항소심까지 있으니까요. 이 유형지에는 그런 복잡한 수속은 없습니다. 적어도 전임 사령관 시절에는 말입니다. 물론 신임 사령관은 벌써부터 저의 재판에 간섭하려는 의향을 보이고 있습니다. 그러나 지금까지 저는 그의 의견과 제안을 거부할 수 있었습니다. 이후라도 염려 없을 것입니다. 당신은 무엇보다도 이번 사건에 대한 설명을 요구하셨지만 내용은 앞서의 모든 사건과 마찬가지로 극히 간단합니다. 오늘 아침 당번으로 배속되어 문 앞에서 자게 된 저 녀석이 늦잠을 잤다 이 말입니다. 즉 근무 태만이었습니다. 그래서 중대장이 고발한 것입니다. 말하자면 한 시간마다 일어나서 중대장 집 앞에서 경례를 하는 것이 이 녀석의 직무였습니다. 사실 조금도 어려운 직무는 아닙니다. 당연한 의무지요. 언제든지 보초를 서고 당번 일을 다하는 것이 그의 의무니까요. 그런데 어젯밤에 당번이 자기 의무를 다하고 있는가를 살피려고 중대장이 2시에 문을 열어보았을 때 저 녀석은 몸을 웅크린 채 세상 모르고 자고 있었습니다. 중대장은 승마용 채찍을 들어 낯짝을 후려갈겼답니다. 그런데 그제야 일어난 저놈은 용서를 구하기는커녕 그의 두 다리를 붙잡고 흔들면서 '채찍을 버려라. 그렇지 않으면 물어뜯어 없애고 말 테다.' 이렇게 외쳤답니다. 이것이 사건 내용입니다. 한 시간 전에 중대장이 저를 찾아왔어요. 저는 중대장의 말씀을 그대로 기록해서 이에 따라 곧 판결을 내렸습니다. 그리고 이 녀석한테 쇠고랑을 채우라고 명령했습니다. 아무리 보아도 사건은 간단합니다. 만일 제가 쓸데없이 이 녀석을 불러놓고 심문 같은 것을 한다면 그때는 그저 혼란이 일어날 뿐입니다. 이 녀석은 이 녀석대로 거짓말을 할 테고 그 거짓말을 제가 부인하면 그 대신 또 새로운 거짓말을 꺼내게 될 테니 그렇게 되면 끝이 있어야지요. 여하튼 이렇게 붙들어놓으면 저는 놓치지 않습니다. 그러면 설명은 그만할까요. 이미 집행이 시작되어야 할 시간인데, 시간이 너무 지났습니다. 사실 장치에 대한 설명도 아직 끝나지 않았습니다만."

장교는 탐험가를 억지로 의자에 앉히고 다시 장치가 있는 데로 가서 이야기를 시작했다.

"보시다시피 써레는 사람의 체격에 알맞게 되어 있습니다. 이것은 상반신에 걸리는 써레이고 이것이 다리에 걸리는 써레입니다. 머리에는 이 송곳만이 사용되게 되어 있습니다. 아시겠습니까?"

장교는 정답게 탐험가를 돌아보더니 허리를 굽히고 본격적인 설명으로 들어갈 기세였다.

탐험가는 이마에 주름을 지으면서 써레를 빤히 쳐다보았다. 그는 재판 수속에 대한 보고에 그리 만족스럽지 못했다. 그러나 어쨌든 탐험가는 이곳이 유형지인 까닭에 여기서는 특별한 조치가 필요하며 어디까지나 군대식 수단에 호소하지 않으면 안 된다는 것을 느끼지 않을 수 없었다. 그러면서 한편 신임 사령관에 대해서도 한 가닥 희망을 두고 있었다. 신임 사령관은 이 장교의 단순한 머리로는 도무지 이해할 수 없는 새로운 방법을 실시하려는 의도를 가지고 있었다. 그러나 그것은 무엇보다도 시일이 필요했다. 탐험가는 다시 물어보았다.

"사령관께서도 집행할 때 나오시나요?"

"모르지요."

아닌 밤중에 홍두깨 식으로 뚱딴지 같은 질문에 적이 기분이 상한 장교는 이렇게 말했다. 지금까지 그처럼 정답던 그의 표정이 대번에 틀어지고 말았다.

"그래서 서두르는 겁니다. 미안하지만 제 설명도 간단히 끝내야 겠습니다. 될 수 있으면 내일이라도 이 장치가 전같이 깨끗해진 다음에 ― 사실은 몹시 더러워지는 것이 이 장치의 결점입니다만 ― 자세히 설명을 보충하기로 하겠습니다. 그러니까 지금은 중요한 것만 설명하겠습니다. 사람이 침대 위에 눕고 침대가 가볍게 흔들리기 시작하면 써레가 몸을 향해서 내려옵니다. 써레는 자동적으로 움직이면서 그 끝만 약간 몸에 닿게 되는데 이렇게 조절이 끝나면 곧 이 철사가 장대처럼 팽팽해집니다. 그렇게 되면 비로소 써레가 활동하기 시작합니다. 처음 보는 사람이 언뜻 보아서는 형의 차이를 모릅니다. 써레는 같은 운전을 계속하는 것처럼 보입니다. 가볍게 흔들면서 써레가 그 끝을 몸에 박게 되면 침대 때문에 몸도 자연 흔들리게 됩니다. 그런데 써레는 누구나 판결 집행을 대번에 조사할 수 있도록 유리로 되어 있습니다. 유리에다 침 대가리를 박아 넣고 움직이지 않도록 하는 데 기술적으로 약간 곤란한 점도 없지 않았습니다. 어쨌든 여러 가지로 연구한 끝에 결국 성공하게 되었죠. 사실 저희들도 고생 많았어요. 이렇게 되면 누구나 피부에 글자가 새겨지는 것을 유리를 통해서 볼 수 있습니다. 어떠세요, 이리 가까이 오셔서 이 침을 좀 보시지 않겠습니까?"

탐험가는 천천히 일어서더니 장치가 있는 곳으로 걸어가 허리를 굽히고 써레를 들여다보았다.

"이렇게 두 가지 침이 여러 줄 달려 있지요. 긴 침 옆에는 각각 짧은 침이 빠짐없이 달려 있구요. 긴 침이 글자를 새기고 짧은 침은 물을 뿜어서 피를 씻어내려 언제나 글자를 선명하게 보여줍니다. 그리고 피는 이 조그마한 통에 떨어지고 나중에는 이 큰 통으로 흘러 들어가는데 이 큰 통에는 배수관이 달려서 피를 땅속으로 뽑아냅니다."

장교는 손가락으로 피가 흘러내리는 오목한 도랑을 일일이 가리키면서 말했다. 더구나 될 수 있는 대로 구체적으로 피를 나타내려고 배수관 구멍에 두 손을 대고 마치 흐르는 피를 받으려는 듯한 시늉을 하는 바람에 탐험가는 그만 얼굴을 들고 손으로 등허리를 닦으며 자기가 앉았던 의자로 돌아가려고 했다. 그런데 그때 죄수에게 가까이 와서 써레 장치를 보라는 장교의 지시에 따라 죄수가 그리로 걸어오는 것을 보고 탐험가는 놀라지 않을 수 없었다. 졸고 있던 죄수는 사슬에 매인 채 앞으로 끌려가더니 유리 장치를 보려고 허리를 굽혔다. 그리고 죄수는 텁텁한 눈으로 자기 상관들이 보고 있던 것이 무엇인지 보려고 들여다보았다. 그러나 설명을 듣지 못한 까닭에 알 길이 없었다. 죄수는 어리둥절해서 이리저리 넘겨다보며 유리 장치를 아래위로 훑어보았다. 탐험가는 죄수의 그런 모습을 보고 앉아 있는 것이 죄가 될 것 같아서 그를 돌려보내려고 했다. 그러나 장교는 한 손으로 탐험가를 꼭 붙잡고 다른 손으로는 둑에 있는 흙덩어리를 움켜쥐더니 사병을 향해 사정없이 던졌다. 사병은 흠칫하며 얼굴을 들었다. 그리고 죄수의 뻔뻔스러운 행동을 보자 사병은 총을 던지고 발꿈치로 땅을 구르며 죄수를 힘껏 끌어당겼다. 죄수는 그 자리에 털썩 쓰러지고 말았다. 사병이 가까이 가서 죄수를 내려다보니 죄수는 몸을 돌이키며 사슬을 덜렁거리고 있었다.

"일으켜!"

장교는 탐험가가 죄수에게 각별한 관심을 갖고 있음을 깨닫고 이렇게 외쳤다. 탐험가는 써레에 대해서는 아무 생각도 없었다. 될 수있는 데까지 써레 위로 몸을 굽히면서 죄수의 태도만을 살피고 있었다.

"조심스레 다루어라!"

장교는 또 소리를 질렀다. 장교는 장치 옆을 돌아서 뛰어가더니 죄수의 겨드랑이 밑으로 손을 넣어서 사병의 도움을 받아가며 죄수를 일으켜 세웠다. 강제로 끌려 일어나는 죄수의 다리는 가끔 버둥거렸다.

"이만하면 대충 알겠습니다."

장교가 돌아왔을 때 탐험가는 이렇게 말했다.

"가장 중요한 것이 남아 있습니다."

장교는 탐험가의 팔을 붙잡더니 머리 위를 가리켰다.

"저 제도기 속에는 써레의 움직임을 좌우하는 톱니바퀴가 들어있습니다. 이 톱니바퀴 장치는 내용을 나타내는 도표에 따라서 조절됩니다. 저는 지금도 전임 사령관의 도안을 사용하고 있습니다. 바로 이것입니다."

장교는 가죽 지갑에서 종이 쪽지를 몇 장 꺼냈다.

"미안하지만 손은 대지 마십시오. 이것은 제 소유물 중에서 가장 귀중한 것이니까요. 자, 앉으세요. 이만큼 거리를 두고 보여드리지요. 도리어 그렇게 하는 것이 더 잘 보일 겁니다."

장교는 우선 한 장을 보여주었다. 탐험가는 어떤 찬사라도 아끼지 않을 참이었다. 하지만 눈에 띈 것은 다만 서로 엇갈려서 얽힌 무수한 선에 지나지 않았다. 그러한 선이 지면에 가득 차 있었으며 그 가운데 나타난 하얀 공간을 겨우 알아볼 수 있을 정도였다.

　"읽어보세요."

　장교는 말했다.

　"모르겠는데요."

　탐험가는 대답했다.

　"뻔하지 않습니까?"

　장교는 또 말했다.

　"참, 교묘한데."

　탐험가는 한 걸음 물러서면서 말했다.

　"해독할 수 없는데요."

　"그걸 모르겠어요?"

　장교는 웃으면서 지갑을 다시 주머니에 넣었다.

　"다만 학교에서 학생에게 가르치는 것 같은 글씨체가 아닐 뿐입니다. 해독하려면 시간이 걸리지만 머지않아서 깨닫게 되실 겁니다. 물론 간단한 글씨체로는 안 됩니다. 단번에 죽이는 것이 아니라 평균 열두 시간이라는 긴 시간이 지나서야 숨이 끊어지는 그러한 글씨체〔써레의 침 자국〕라야만 합니다. 무엇보다도 여섯 시간이 지나야 이 장치를 다시 조절하게 되어 있습니다. 그런데 사실 글자 주위에는 아무래도 별의별 장식이 다 나타나게 되니까요. 진짜 글자는 다만 한 줄기 띠같이 몸에 나타나게 됩니다. 이곳을 제외하면 전신에 무늬가 나타나게 되어 있습니다. 그러니까 써레를 비롯해서 이 장치 전체의 기능이 얼마나 훌륭한지 아시겠지요? 좀 보세요!"

장교는 사다리를 올라가 톱니바퀴 하나를 돌리면서 밑을 향해서 외쳤다.

"조심하세요. 옆으로 비키세요."

그러자 장치 전체가 돌기 시작했다. 톱니바퀴의 삐걱거리는 소리만 없으면 그야말로 장관이었을지도 모른다. 장교는 이 톱니바퀴의 요란한 소리가 의외라는 듯한 표정으로 위협이라도 하듯이 톱니바퀴에 주먹을 휘두르기도 하고 또 자기 변명을 하면서 탐험가를 향해 두 팔을 벌렸다. 그리고 돌아가는 장치를 밑에서 바라보기 위해 급히 사다리에서 뛰어내렸다. 어딘가가 순조롭지 못한 것 같았다. 그것을 깨달은 것은 장교뿐이었다. 장교는 다시 사다리를 기어올라가더니 제도기 내부에 두 손을 쑥 들이밀었다. 그리고 나서는 사다리가 있는데도 놋쇠 방망이를 타고 급히 내려와서 소란한 와중에도 알아들을 수 있도록 탐험가의 귀에 대고 몹시 긴장한 어조로 이렇게 외쳤다.

"경과를 아시겠어요? 써레는 벌써 글씨를 쓰기 시작했습니다. 써레가 사람의 등에 첫 글자를 새기고 나면 요는 써레에 공간을 제공하기 위해서 옆으로 흔들리면서 몸을 천천히 반전시키게 됩니다. 그와 동시에 써레의 침으로 상처를 입은 부분이 이 위에 직접 놓이게 됩니다. 이에 대비하여 특별히 제조된 탈지면이 출혈을 멎게 하면서 새로 글자를 새길 준비를 갖추게 됩니다. 이쪽 써레 가장자리에 있는 톱날은 몸을 다시 반전시킬 때 상처에 붙은 탈지면을 뜯어

106

서 구멍 속에 던지는 역할을 합니다. 그러면서 써레가 또다시 전과 같은 일을 반복하게 됩니다. 이와 같이 써레는 열두 시간에 걸쳐 더욱더 깊은 글자를 새기게 됩니다. 처음 여섯 시간 동안은 죄수도 전과 다름없이 원기를 보이면서 다만 고통에 시달릴 뿐입니다. 집행 후 두 시간이 지나면 입에 물었던 펠트가 떨어져나갑니다. 그것은 이미 소리칠 힘도 없게 되었다는 증거지요. 그때쯤 해서 베개 위의 전기로 뜨거워진 그릇 속에 쌀죽을 넣어줍니다. 죄수는 먹을 의향만 있으면 혀로 핥아서 얼마든지 먹을 수 있습니다. 이 기회를 놓치는 죄수는 지금까지 하나도 없었습니다. 적어도 저로서는 본 일이 없습니다. 여러 번 경험했으니까요. 여섯 시간 가량 지나면 식욕이 줄게 됩니다. 그렇게 되면 저는 대개 여기 무릎을 꿇고 이러한 상태로 바라보지만 죄수는 입에 들어 있는 마지막 음식을 삼키지 못하고 쓸데없이 입속에서만 돌리다가 그만 구멍 속으로 음식을 뱉어버립니다. 물론 그럴 때마다 저는 음식이 얼굴에 튀지 않도록 몸을 움츠려 피하지 않을 수 없었습니다. 그러나 여섯 시간이 지나면 죄수는 이를 데 없이 온순해지고 맙니다. 아무리 우둔한 자라도 최후에는 예지를 얻게 됩니다. 우선 눈에 나타납니다. 그리고 눈을 중심으로 해서 전신에 퍼지게 됩니다. 그것을 보면 누구나 써레 밑에 한번 누워보고 싶은 충동을 느끼게 됩니다. 이것으로 집행은 일단 끝나고 죄수가 글자를 해독하기 시작합니다. 죄수는 마치 무엇을 엿들으려는 듯이 입을 죽 내밀지요. 당신도 보신 바와 같이 글자를 해독하는 일은 그리 쉬운 일이 아닙니다. 그런데 죄수는 자기 몸의 상처로 글자를 해독합니다. 하여튼 대단한 일입니다. 하지만 집행이 끝나려면 여섯 시간이 더 필요합니다. 그것이 끝나면 써레는 최후의 일격을 가하고 죄수의 몸을 구덩이 속으로 던집니다. 그러면 피와 탈지면이 그득히 고여 있는 위에 철썩하고 떨어집니다. 이것으로 처형이 끝납니다. 저는 사병하고 둘이서 땅을 파고 시체를 묻어버리지요."

그때까지 장교에게 귀를 기울이고 있던 탐험가는 두 손을 각각 웃옷 주머니에 넣은 채로 돌고 있는 기계 장치를 바라보았다. 죄수도 기계를 바라보았다. 어찌 된 일인지 영문을 모르는 것 같았다. 죄수는 약간 몸을 굽히고 전후 좌우로 움직이고 있는 침의 방향을 더듬고 있었다. 그때 장교의 명령으로 사병은 뒤에서 칼을 들고 죄수의 셔츠와 하의를 두 갈래로 잘라버렸다. 셔츠와 하의는 몸에서 스르르 미끄러져 내려왔다. 죄수는 당황하여 나체를 가리려고 흘러내리는 옷을 따라 손을 뻗었다. 그러나 사병은 그를 바로 일으켜놓고 그의 몸에 붙어 있던 넝마 같은 옷자락까지 벗겨버렸다. 장교는 돌고 있던 기계를 멈추게 했다. 갑자기 물을 끼얹은 듯이 잠잠한 가운데 죄수는 써레 밑에 눕게 되었다. 사슬은 풀리고 그 대신 가죽띠가 그를 옭아맸다. 죄수는 처음엔 형이 가벼워진다고 생각했을지도 모른다. 그때 써레가 훨씬 더 밑으로 내려왔다. 죄수는 형편없이 야위어 있었던 것이다. 그때 써레의 침 끝이 죄수의 몸에 닿았다. 그 순간 죄수의 피부 위에는 말할 수 없는 전율이 스쳐갔다. 죄수는 오른손을 사병이 하는 대로 내맡기고 왼손을 자기도 모르게 쑥 내밀었다. 그러나 그 방향에는 사실 탐험가가 서 있었다. 장교는 옆에서 끊임없이 힐끔힐끔 탐험가를 쳐다보고 있었다. 장교는 자기가 대충 설명한 사형 집행이 과연 어느 정도의 감명을 주었는가를 탐험가의 얼굴에서 읽어보려는 것 같았다. 손목을 졸라매는 가죽띠가 툭 끊어졌다. 아마 사병이 너무 세차게 당긴 것이리라. 사병은 도움을 구하려고 장교를 보며 끊어진 가죽띠를 흔들었다. 그때 장교는 장치 저쪽에 있던 사병에게 가서 탐험가한테로 얼굴을 돌리고 이렇게 말했다.

"기계는 매우 복잡합니다. 가끔 무엇이 끊어지기도 하고 터지기도 합니다. 그러나 그 때문에 핀결 전체에 지장이 생겨서는 안 됩니다. 하여튼 가죽띠쯤은 곧 보충할 수가 있습니다. 저 사슬을 쓰지요. 물론 그것 때문에 오른쪽의 흔들리는 정도가 다소 달라지기는 하겠지만."

장교는 사슬을 동여매면서도 말을 계속했다.

"기계 보존의 방법에도 매우 제약이 많습니다. 전임 사령관이 살아 있을 때는 기계를 보존하기 위해서 제가 자유롭게 쓸 수 있는 돈이 별도로 지불되었습니다. 그리고 여기에는 모든 보충 자료를 넣어두는 창고까지 있었습니다. 솔직히 말씀드려서 저는 그런 물건을 조금 지나치게 사용했는지도 모르겠습니다. 물론 옛날 이야기입니다만. 무엇이든지 낡은 제도를 타파하려는 구실로 사용하는 신임 사령관이 어떻게나 자기 주장을 하는지 지금은 안 됩니다. 지금은 기계에 지불되는 돈도 사령관이 직접 관리하고 있습니다. 새로운 가죽띠를 받기 위하여 사환을 보내면 끊어진 것을 증거품으로 제출하라는 명령까지 합니다. 그러면서도 신품은 열흘이 지나서야 받게 됩니다. 그때 받은 것은 품질이 좋지 못해서 오래 사용할 수도 없습니다. 저에게 가죽띠도 없이 어떻게 기계를 돌리라는 말인지, 남의 사정을 알아줘야지요."

탐험가는 무엇인지 골똘히 생각하고 있었다. 언제나 다른 나라의 사정에 결정적인 간섭을 하는 것은 위험한 일이다. 탐험가는 이 유형지의 거주민도 아니요, 이 유형지가 예속되어 있는 국가의 국민도 아니었다. 그래서 이러한 사형에 대해서 찬성하지 않는 뜻을 표하거나 혹은 사형을 방해하려고 해도 어디까지나 너는 외국인이니까 잠자코 있어 하면 그만일 뿐 별 수가 없었다. 그 말에 대해서 더는 답변할 여지가 없을 것 같았다. 이러한 사건에 부딪치면 그는 도무지 생각을 계속할 수 없었다. 다만 견문을 넓히기 위해서 여행을 하는 것이지 남의 나라의 재판 제도를 개혁하려는 그런 당치도 않은 생각은 조금도 없다고 덧붙여 말할 뿐이었다. 그렇게 생각은 하면서도 이 지방의 여러 가지 사정은 역시 커다란 호기심의 대상이 아닐 수 없었다. 재판 수속이 옳지 못하고 사형 집행이 비인도적이라는 것은 의심할 여지가 없었다. 이 죄수는 사실 얼굴도 이름도 모르는 남이요, 같은 나라 사람도 아니며, 또 동정할 만한 인물도 아니었다. 하여튼 탐험가는 고관들의 여러 가지 초청장을 갖고 있으며, 이 지방에 오면 은근한 영접을 받았다.

그런데 이렇게 탐험가가 사형 집행을 하는 곳에 안내를 받았다는 것은 이 재판에 대해서 자기의 비판을 요구하는 표시라고 생각되지 않는 것도 아니었다. 이러한 추측은 지금 탐험가가 분명히 들은 바와 같이 사령관이 이러한 재판 수속에 찬성하는 사람이 아니요, 도리어 이 장교에 대해서 증오에 가득 찬 태도를 보이고 있는 만큼 더욱더 개연성이 있었다.

바로 그때 탐험가는 장교가 노발대발하며 고함치는 소리를 들었다. 장교가 죄수의 입에 간신히 펠트 뭉치를 쑤셔넣자 죄수는 구역질을 참지 못하여 눈을 감더니 구토를 하기 시작했다. 장교는 급히 죄수를 펠트 뭉치에서 끌어당겨 일으키면서 그 머리를 구멍으로 돌리려고 했다. 그러나 때는 이미 늦었다. 토해놓은 더러운 것이 어느덧 기계를 따라 흐르고 있었다.

"모두 사령관의 탓이야."

이렇게 외치고 장교는 정신없이 앞에 있는 놋쇠 방망이를 흔들었다.

"기계를 돼지우리처럼 더럽히고."

그는 떨리는 손으로 탐험가를 향해서 눈앞에 벌어진 꼴을 보라는 듯이 가리켰다.

"집행 전날에는 절대로 음식을 주어서는 안 된다고 몇 시간 동안이나 설교를 해도 이 꼴이지 뭡니까. 그런데 이번에 온 사령관은 저와는 의견이 딴판입니다. 사령관의 부인은 저 죄수를 끌어내는가 하면 목구멍까지 과자 같은 것을 넣어주기도 합니다, 글쎄. 평생 썩은 고기만 먹고 자란 이런 자식한테 이제 와서 과자는 무슨 빌어먹을 과잡니까, 원! 그러나 그럴 수도 있겠지요. 저는 반대할 것도 없습니다. 하지만 석 달 전부터 청구해왔는데 새로운 펠트를 보내주지 않으니 글쎄 어떡합니까. 백 명도 넘는 죄수가 물고 빨던 이 펠트를 입에 넣고 구토를 일으키지 않을 사람이 어디 있겠습니까?"

죄수는 머리를 숙인 채 평온한 태도를 보였다. 사병은 죄수의 내

의로 기계를 닦고 있었다. 장교가 탐험가 옆으로 가까이 왔다. 탐험
가는 어딘지 불안을 느끼면서 한 걸음 뒤로 물러섰으나 장교는 그
냥 탐험가의 팔을 붙잡고 옆으로 이끌었다.

"비밀리에 의논할 일이 있습니다만, 어떠십니까."

장교가 말했다.

"좋습니다."

탐험가는 이렇게 말하고 눈을 내리뜨면서 귀를 기울였다.

"이러한 방법과 처형을 이렇게 우연한 기회에 보시고 당신께서
도 탄복을 하셨겠지만, 오늘날 이 유형지에서는 이것을 공공연하게
지지하는 사람은 없습니다. 저도 그러한 사람 중에 첫째 가는 사람
이지만 동시에 전임 사령관의 유산을 보호하고 있는 유일한 대표자
라고 하겠지요. 이렇게 돼서야 앞으로 이와 같은 방법을 확충한다
는 것은 생각도 못할 일입니다. 저는 그저 지금 하고 있는 일을 계속
유지하기 위해서 전력을 기울이고 있을 뿐입니다. 전임 사령관이
살아 계실 때에는 이 유형지에도 그를 지지하는 사람이 많았습니
다. 전임 사령관에게서 찾아볼 수 있는 점이지만 쉽게 사람을 납득
시키는 힘을 저도 다소 갖고 있습니다. 그러나 권력이 있어야지요.
그래서 지지하던 사람들도 다 숨어버리고 말았습니다. 물론 아직
지지자가 많이 남아 있기는 하지만 누구 하나 그렇다고 공공연하게
말하는 사람은 없습니다. 만일 당신이 오늘이라도, 다시 말하면 사
형을 집행한 오늘 카페에라도 가서서 여기저기 평판을 들어보세요.
아마 애매한 의견뿐일 겁니다. 그래도 그런 사람들은 모두 지지하
는 사람들입니다. 그러나 이러한 지지자들도 현 사령관 밑에서, 더

구나 사령관이 지금 같은 의견을 가지고 있어서는 아무 소용이 없습니다. 그래서 말씀드리는 바입니다만 신임 사령관이나 그 옆에서 사령관을 쥐고 흔드는 여자들 때문에 일생을 두고 겨우 완성한 저 기계가 없어지면 되겠습니까? 그냥 보고만 있을 수 있겠어요? 아무리 외국 사람일지라도 이 섬에 며칠 동안 있어본 사람이라면? 하여튼 한시라도 어물어물할 때가 아닌 것 같습니다. 저의 재판권을 정지시키려는 공작이 추진되고 있으니까요. 벌써 사령부 내에서는 저를 빼놓고 회의가 몇 번이나 열렸는지도 모르지요. 당신이 오늘 이렇게 견학하시는 것도 이러한 모든 정세에 비추어볼 때 특별한 의미를 갖는 것같이 생각됩니다. 비겁한 그네들이 우선 외국 사람인 당신을 이리로 보낸 거죠. 사실 이 사형 집행도 과거에는 이렇지 않았습니다. 벌써 처형 전날부터 이 골짜기는 인산인해를 이루었습지요. 모두 일부러 구경하러 온 사람들이었습니다. 사령관은 아침 일찍부터 부인을 대동하고 나타났습니다. 우렁찬 나팔 소리가 이 진지의 모든 사람의 고요한 잠을 깨우면 저는 준비 완료라고 보고했습니다. 내빈들은 대개 고관 나부랭이들이었지만 불참하는 사람은 하나도 없었습니다. 무더기로 쌓여 있는 저 등나무 의자들은 그 당시의 비참한 유물입니다. 기계는 얼마나 닦았는지 번들번들하고 집행이 있을 때마다 저는 새로운 부속품을 사용했습니다. 수많은 사람들이 보는 가운데 ─ 관중은 저쪽 언덕까지 꽉 들어차서 모두 발꿈치를 들고 서서 야단법석을 피웠지요 ─ 죄수는 사령관 자신이 손수 써레 밑에 눕혔습니다. 지금은 보잘것없는 일개 사병이 하는 일이지만 그 당시에는 재판관이었던 저의 일이었으며 명예스럽기도 했습니다. 집행이 시작되면 기계의 운전을 방해하는 소란한 소리도 없었습니다. 관중 가운데는 구경을 그만두고 눈을 감고 모래 위에 누워 있는 사람도 많았습니다. 바야흐로 정의의 집행이 진행되고 있다는 것은 누구나 알고 있었습니다. 고요한 가운데 펠트를 입에 문 죄수의 신음하는 소리만 나직이 들릴 뿐. 그 당시에는 글자를 새기는 침 끝에서 일종의 부식제가 끊임없이 흘러나왔습니다. 이 부식제도 현재로서는 사용이 금지되어 있습니다만……. 그런데 그러는 동안에 여섯 시간이 지났습니다. 모두 가까이 와서 구경하려고 했지만 사람들의 소원을 하나하나 들어줄 수는 없었습니다. 사령관은 자기 생각대로 우선 어린아이들부터 구경시키라고 명령했죠. 그래서 저는 직책상 언제나 서 있어야 했지만 어린 두 아이를 양팔에 안고 기계 옆에 웅크리고 있는 일이 한두 번이 아니었습니다. 양심의 가책으로 어찌할 줄 모르는 얼굴에서 신성한 변모의 표정을 보았을 때의 기분. 드디어 달성되었지만 어느덧 사라지는 신성한 정의의 빛을 받으면서 일제히 바라보고 있는 사람들의 얼굴. 아, 그때는 얼마나 화려했던가, 여봐, 자네!"

이때 장교는 확실히 자기 앞에 서 있는 사람이 누구인지 분간조차 못하고 있었다. 장교는 탐험가를 껴안고 머리를 탐험가의 어깨 위에 기댔다. 탐험가는 몹시 당황해하면서 장교의 어깨 너머로 초조한 시선을 던졌다. 사병은 이미 청소를 끝마치고 밥통에서 쌀죽을 막 옮기고 있었다. 죄수는 어느덧 원기를 회복한 듯이 죽을 보자마자 혓바닥을 홀랑거리면서 죽을 핥기 시작했다. 사병은 몇 번이고 그를 물리쳤다. 그 죽은 사실 훨씬 후에 주기로 되어 있었기 때문이다. 그러나 그 사병이 자기의 더러운 손을 죽통에 집어넣더니 침을 흘리고 있는 죄수 앞에서 홀짝홀짝 먹고 있는 꼴은 어쨌든 괘씸하기 이를 데 없었다.

장교는 곧 정신을 차리고 이렇게 말했다.

"당신의 마음을 흔들어버릴 생각은 없었습니다. 그 당시의 사정을 이제 와서 이해하기란 불가능하다는 것쯤은 저도 잘 알고 있습니다. 하여튼 기계는 지금도 움직이며 혼자서 돌고, 이 골짜기에 기계만이 덩그렇게 남아 있어도 혼자서 돌게 됩니다. 그리고 시체는 결국 그 당시와 같이 수많은 파리가 구덩이 주위에 모여 있지 않아도 언제나 이상하게도 가벼이 허공을 가르면서 구덩이 속에 떨어지게 됩니다. 벌써 옛날에 다 없어졌지만 그 당시에는 구덩이 주위에 든든한 난간을 둘러야만 했습니다."

탐험가는 장교의 시선을 피하려고 목표도 없이 주위를 돌아보았다. 그러나 장교는 그가 거친 골짜기를 바라본다고 생각했다. 장교는 탐험가의 두 손을 잡더니 그의 시선을 붙잡으려는 듯이 탐험가를 돌아보며 이렇게 물었다.

"아시겠습니까, 이 추태를?"

그러나 탐험가는 아무 말도 없었다. 장교는 잠시 옆에 떨어져 있었다. 양다리를 옆으로 벌리고 양손을 허리에 턱 버티고 장교는 아무 말 없이 서서 땅만 내려다보았다. 그러더니 탐험가에게 명랑한 미소를 던지며 이렇게 말했다.

"어제 사령관이 당신을 초청했을 때 저도 당신 옆에 있었습니다. 저는 그 권고의 말을 듣고 있었습니다. 원래 사령관이 어떤 사람이라는 것을 잘 아는 저는 그렇게 권하면서 그가 무엇을 계획하는 것인지 곧 알았습니다. 저 같은 사람을 처리하는 것쯤은 문제없을 만치 대단한 권력을 갖고 있으면서도 아직도 단행을 못 하고 있습니다. 그러나 실제로 사령관은 저 같은 인간을 당신같이 유명한 외국 사람의 비판 대상으로 삼으려고 하고 있습니다. 사령관의 계획은 참 면밀합니다. 당신은 이 섬에 오신 지 겨우 이틀밖에 안 되었으니 전임 사령관이나 그의 사고 범위를 아실 리 없습니다. 당신은 유럽식 견해에 사로잡혀 있습니다. 아마 당신은 이 세상에서 벌어지는 사형에 대해서, 특히 저런 기계로써 사형을 집행하는 방법에 대해서는 반대하는 사람들 중의 한 분이실 겁니다. 더구나 그러한 처형이 대중의 환심을 사지 못하고 쓸쓸히 다 낡아빠진 기계 위에서 집행된다는 실정까지도 지금 모두 보신 바입니다 만―그러한 모든 점을 종합해서 생각할 때, 사령관도 그렇게 생각하고 있겠지만, 당신이 저의 처사를 옳지 못한 것이라고 생각하시는 것도 있을 수 있는 일이 아니겠습니까?

만일 이러한 처사를 옳지 못한 것이라고 생각하신다면 당신은 이런 사실을 (저는 지금 사령관의 입장에서 얘기하고 있습니다만) 말씀하시지 않고 지나실 수는 없으실 겁니다. 사실 많은 시련을 겪어온 당신의 신념에 대해서는 무엇보다도 확신을 갖고 계실 터이니까요. 물론 당신은 당신 민족의 여러 가지 특색을 지금까지 보셨고 동시에 그것을 존중해왔을 것입니다. 그런 까닭으로 저의 처사에 대해서도 아마 당신이 고향에서 하시던 것과 같이 어디까지나 반대하실지도 모르겠습니다. 그러나 사령관도 그런 것은 요구하지 않고 있습니다. 한순간 무의식중에 뱉어버린 말 한 마디로도 모든 일을 그르치기에 충분합니다. 다만 그 말이 사실 사령관의 소원과 상반되는 것이라면 반드시 당신의 신념에도 부합되지 않을 겁니다. 사령관이 갖가지 꾀를 다 부리면서 끝까지 캐물을 것은 뻔한 일입니다. 그리고 부인들은 빙 둘러앉아서 귀를 기울일 겁니다. 그러면 당신은 그때 '우리 나라에서는 재판 수속이 전혀 다릅니다' 또는 '우리 나라에서는 판결 전에 피고에 대한 심문이 있습니다' 또는 '우리 나라에서는 사형 이외에 여러 가지 형벌이 있습니다' 또는 '우리 나라에서는 중세에만 고문이 있었습니다' 이러한 말씀을 하실 겁니다. 이러한 말은 모두 옳은 말이며 당신에게는 자명한 것이라고 생각되시겠지만, 사실 저의 처사에는 아무 방해도 되지 않는 순진한 의견입니다. 그러나 사령관은 그런 말을 어떻게 생각하실까요? 저는 사령관이 그 자리에서 점잖게 의자를 옆으로 밀어버리고 발코니로 뛰어나가는 모습이 눈앞에 떠오릅니다. 그러면 그때 사령관의 뒤를 따라서 부인들이 몰려갑니다. 그때 사령관의 목소리가 들려옵니다 ― 그 목소리를 부인들은 우레 같은 소리라고 말하지만 ― 그때 그 양반은 이렇게 얘기할 겁니다. '유럽의 위대한 학자이며 각국의 재판 절차를 조사하도록 명령받은 그분께서는 낡은 관습에 의한 이 지방의 처사는 비인도적이라고 지금 말씀하셨다. 그런 분에게서 이와 같은 비판을 받은 이상 나로서는 이런 처사를 더는 허용할 수 없다. 따라서 오늘 이 자리에서 나는 명령한다 ― 등등.' 물론 당신은 사령관이 전하는 말 같은 것을 이야기한 일은 없습니다. 당신은 저의 처사를 비인도적이라고 말씀하신 적이 없습니다. 그뿐만 아니라 도리어 당신의 깊은 식견에 따라서 어디까지나 인도적이며 인간적이라고까지 생각하고 계실 겁니다. 게다가 이 기계 장치에 대해서는 경탄하지 않을 수 없다고 하시면서 사령관에게 항의를 하실 겁니다. 그러나 그때는 이미 늦습니다. 당신은 부인들이 가득 모여 있는 발코니로 나갈 수 없으면서도 누가 보아주기를 원하실 겁니다. 당신은 크게 고함을 치려고 하지만 부인들의 손이 당신의 입을 막아버릴 겁니다. 그러면 저와 전임 사령관이 애써 만든 이 장치는 무용지물이 된다는 말입니다."

탐험가는 떠오르려는 미소를 감춰버렸다. 힘들게 여겼던 문제가 쉽게 풀리게 되었다. 탐험가는 한 걸음 물러서면서 말했다.

"당신은 저의 권세를 너무 과대평가하십니다. 사령관은 제가 갖고 온 추천장을 읽고 제가 재판 절차를 연구하는 전문가가 아니라는 것을 알고 있습니다. 제가 어떤 의견을 말한다 해도 그것은 개인의 의견에 지나지 않습니다. 그 효과도 다른 사람의 의견과 별로 다를 것이 없으며 이 유형지에서 제가 아는 한에 있어서는 광범한 권한을 갖고 있는 사령관의 의견에 비하면 아무것도 아닙니다. 이러한 처사에 대한 사령관의 의견 가운데 이미 당신이 상상한 바와 같이 단호한 것이 있다고 하면 저같이 보잘것없는 인간의 조력을 기다릴 필요도 없이 이 장치는 결국 종말을 고하고 마는 것이 아닌가 염려됩니다."

장교는 이 말의 뜻이 무엇인지 알아들었을까? 아니다. 아직 그는 몰랐다. 장교는 머리를 설레설레 흔들면서 죄수와 사병을 힐끗 돌아보았다. 그때 죄수와 사병은 흠칫 놀라며 죽통에서 물러섰다. 장교는 탐험가 옆으로 가까이 와서 그의 얼굴에 던졌던 시선을 가슴으로 내리고 전보다 나직한 목소리로 이렇게 말했다.

"당신은 사령관을 모르십니다. 당신은 사령관이나 저희들에 대해서 — 이러한 말을 해서 실례일는지 모르겠습니다만 — 해로울 것이 하나도 없습니다. 제 말이 틀림없습니다만 당신의 권세는 아무리 높이 평가해도 지나친 것이 아닙니다. 사실 저는 당신이 혼자서 이 사형 집행에 참석하신다는 말을 들었을 때 참 기뻤습니다. 저에 대해서 사령관이 그런 조처를 취한다면 저도 그것을 역이용해서 저에게 유리하도록 돌리는 것뿐입니다. 터무니없는 귓속말이나 멸시하는 것 같은 눈총을 받으면서도 — 사실 이런 것은 사형 집행에 대한 관심이 지금보다 더했던 당시에도 피할 수 없었던 일이지만 — 당신은 저의 설명에만 귀를 기울이며 이 기계를 보아주셨고 집행 현장까지 관람하시려고 하고 있습니다. 물론 당신은 확고한 판단을 갖고 게시리라고 믿습니다. 만일 의심되는 일이 다소 있더라도 집행 과정을 보시는 동안 자연스레 아시게 될 겁니다. 부탁입니다만 사령관에게 저를 위해서 많이 힘써주시기 바랍니다!"

탐험가는 그때 그의 말을 가로막았다.

"어떻게 제가 그런 일을 할 수 있겠습니까?"

탐험가는 외쳤다.

"그런 일은 전혀 불가능합니다. 저는 당신을 방해할 수도 없고 도울 수도 없습니다."

"그럴 리가 있겠어요?"

장교는 말했다. 탐험가는 장교가 주먹을 쥐고 있는 것을 보자 약간 불안감을 느꼈다.

"할 수 있겠지요?"

장교는 애원하듯이 또 이렇게 말했다.

"반드시 성공할 수 있는 묘안이 있습니다. 당신은 당신의 권세를 아무것도 아닌 것으로 생각하고 있습니다만 저는 그만한 정도면 통하리라고 생각합니다. 그리고 당신의 말씀이 옳다고 생각해도 이러한 재판 방식을 지속하기 위해서는 아무리 미약한 방법이라도 실행해볼 필요가 있지 않을까요? 그러니까 제 복안을 좀 들어보세요. 이러한 복안을 실천하기 위해서는 우선 당신이 오늘 이 유형지에서 저의 처사에 대한 비판을 삼가주셔야 합니다. 직접 물어보지 않으면 그런 말을 입 밖에 내서는 안 됩니다. 그러니까 당신의 이야기는 간결하고도 애매해야 할 것입니다. 이러한 일에 대해서 말하는 것이 당신에게는 매우 괴로운 일이며, 아무리 터놓고 말한다 하더라도 당신은 불쾌한 말이나 욕지거리밖에 할 수 없으리라는 것을 누구나 알도록 해야 할 것입니다. 결코 당신에게 거짓을 말하라는 것은 아닙니다. 다만 간단히 '네, 집행하는 것을 보았습니다' 또는 '네, 설명은 다 들었습니다' 이렇게 대답하시면 그만입니다. 그것뿐이며 더는 대답할 필요는 없습니다. 이렇게 해서 당신의 불쾌한 기분을 그네들에게 알리는 것입니다만 당신이 불쾌하게 될 동기는 얼마든지 있습니다. 사령관은 생각지도 못한 일이겠지만 말입니다. 물론 사령관은 그것을 어디까지나 오해하고 자기 생각대로 해석할 것입니다. 저의 복안이 승산이 있다는 것도 바로 이 점에 기인하는 것입니다. 내일 사령부에서는 사령관이 의장이 되어서 고급 행정관들을 망라한 광범위한 회의가 열립니다. 사령관은 그러한 회의를 통해서 전람회 같은 것을 열어볼 생각입니다. 벌써 회화관을 하나 지었는데 언제나 관중으로 만원을 이루고 있습니다. 저도 하는 수 없이 회의에 참석하게 되겠지만 불쾌하기 짝이 없습니다. 이러나저러나 당신은 회의에 틀림없이 초대를 받을 겁니다. 당신이 오늘 저의 복안대로만 태도를 취해주신다면 초대는 얼마든지 받아도 괜찮습니다. 그러나 만일 어떠한 이유에서 초대를 받지 못하게 되면 당신은 어떻게 해서든지 초대를 요구해야 합니다. 그렇게 되면 틀림없이 초대할 것입니다만, 당신은 내일 사령관의 특별실에서 부인들과 자리를 같이하게 될 겁니다. 사령관은 가끔 얼굴을 들고 당신의 참석 여부를 살필 겁니다. 그리고 방청객들을 대상으로 하는 쓸데없는 의제가 나올 겁니다. 그 의제가 끝나면 ─ 대개 항구 건설 문제인데 언제나 그 문제를 되풀이하지만 ─ 재판 수속에 관한 것도 의제에 오르게 될 겁니다. 만일 사령관 측에서 이 문제를 들고 나오지 않거나 혹은 좀 늦어지는 일이 있으면 제가 곧 의제에 오르도록 꾸미겠습니다. 갑자기 일어서서 오늘의 집행에 대해서 보고를 하겠습니다. 간결하게 보고만을 하겠습니다. 사실 그러한 보고는 그런 장소에서는 전례가 없는 일이지만 하여튼 하겠습니다. 사령관은 전과 같이 정겨운 미소를 보이면서 저에게 감사의 뜻을 표하겠지만 이렇게 된 바에야 저는 제 자신을 억제할 수 없을 테니 이 좋은 기회를 놓치지 않을 겁니다. 사령관은 '방금 사형 집행에 대한 보고가 있었습니다. 이 보고 말미에 꼭 말씀드리고자 하는 것은 다름이 아니라 다 아시는 바와 같이 이번에 위대하신 학자께서 우리 유형지를 방문해주신 것을 무엇보다 영광으로 생각한다는 것입니다. 그분께서는 이번에 일부러 집행 현장에 참석해주셨습니다. 더구나 오늘 또 이 회의에 참석하셔서 회의를 더욱 뜻 깊게 하셨습니다. 그러니 이 위대한 학자 분이 낡은 관습에 따라 집행되는 사형과 이에 앞서는 재판 수속에 대해서 어떠한 생각을 갖고 계시는지 직접 문의하는 것이 어떻겠습니까?' 이와 같거나 또는 이와 비슷한 발언을 할 겁니다. 그렇게 되면 물론 박수 갈채를 하면서 누구나 다 찬성할 겁니다. 누구보다 저는 대찬성입니다. 아마도 사령관은 당신을 보고 가벼이 인사를 하고 이렇게 말할 겁니다. '그러면 여러분을 대신해서 제가 문의해보겠습니다.' 그러면 당신은 창문 옆으로 나서서 누구나 볼 수 있게 두 손을 올려야 합니다. 그렇지 않으면 부인들이 손을 잡고 농락을 할 테니까요. 그러고 보니 결국 당신이 발언할 때가 온 것입니다. 저는 그 시간이 오기를 고대하느라고 오랜 시간을 긴장 속에서 어떻게 참고 있어야 할지 고민입니다. 답변할 기회가 오면 당신은 절대로 사양해서는 안 됩니다. 사실대로 말씀해주세요. 일어서서 열렬하게 말씀해주세요. 그렇습니다. 사령관을 향해서 당신의 확고부동한 의견을 열렬히 토로해주세요. 당신은 혹시 그런 일을 좋아하지 않으실지 모르겠습니다. 당신의 성격에는 맞지 않을 것도 같군요. 사실 당신의 나라에서 그러한 경우에 놓이게 되면 아마 태도를 달리 취하겠지요. 그래도 좋습니다. 그것으로 족합니다. 일어설 필요도 없겠지요. 몇 마디 나직한 목소리로 당신의 눈앞에 있는 관리들에게 분명히 들릴 정도로만 말씀해주시면 그만입니다. 사형 집행에 대해서 관심이 별로 없다든지 삐걱거리는 톱니바퀴나 끊어진 가죽띠 또는 구역질이 나는 펠트 같은 데 대해서는 말씀하시지 않아도 좋습니다. 그렇습니다. 그다음은 제가 맡을 테니까요. 그렇게 되면 저의 웅변에 질려서 그 자식은 그만 회의 장소에서 퇴장해버리든가, 그렇지 않으면 무릎을 꿇고 '전임 사령관이시여, 당신 앞에서 전 이렇게 머리를 조아립니다' 하고 분명히 고백하지 않을 수 없게 될 겁니다─이것이 제 복안입니다. 어떻습니까? 이 복안대로 이룰 수 있도록 도와주시겠어요? 물론 그러시겠지요. 꼭 해주셔야 합니다."

말이 끝나자마자 장교는 탐험가의 팔을 붙잡고 무거운 숨을 쉬면서 그의 얼굴을 쳐다보았다. 마지막 이야기에서 목소리가 약간 높았던 까닭에 사병과 죄수까지도 주의를 기울이게 되었다. 그네들은 무슨 말인지 알 수 없었지만 음식을 훔쳐먹다 말고 입속에 든 것을 씹으면서 탐험가를 바라보았다.

탐험가는 처음부터 대답할 말이 결정되어 있었다. 세상에서 쓴맛 단맛을 다 겪고 난 그가 여기라고 해서 그 사이에 마음이 동요할 리는 없었다. 원래가 정직한 사람이었으므로 조금도 겁내지 않았다. 그럼에도 불구하고 지금 사병과 죄수를 눈앞에 보는 순간 잠시 머뭇거리지 않을 수 없었다. 그러나 결국 어쩔 수 없이 "나는 그렇게 할 수 없습니다" 하고 대답했다. 장교는 몹시 눈을 껌벅거렸지만 탐험가로부터 조금도 시선을 떼지 않았다.

"설명을 하라는 말씀이지요?"

탐험가는 물었다.

장교는 아무 말 없이 머리를 끄덕였다. 탐험가는 이렇게 말했다.

"저는 그러한 처사에 반대하는 사람입니다. 당신이 저를 믿고 솔직히 말씀하시기 전에 ― 물론 당신의 그러한 신뢰를 어떠한 일이 있더라도 악용할 생각은 없습니다만 ― 제가 이곳 처사에 대해서 간섭해도 좋을지 또는 저의 간섭이 다소라도 성공할 가망이 있는지 어떤지 벌써 충분히 생각해보았습니다. 그리고 간섭을 한다 해도 누구를 먼저 상대할 것인가를 저는 잘 알고 있습니다. 물론 사령관입니다. 당신의 설명으로 제 결심이 더욱 확고하게 섰습니다. 아니 그럴 뿐만 아니라 당신의 솔직한 신념에 대해서 매우 감동을 느꼈습니다."

장교는 그냥 아무 말도 없이 기계 있는 곳으로 돌아서더니 놋쇠 방망이 하나를 붙잡고 비스듬히 몸을 뒤로 기대고 기계 정비를 다시 한번 살피는 듯한 태도를 보였다. 사병과 죄수는 어느덧 서로 가까워진 것같이 보였다. 그렇게 꼼짝도 할 수 없이 매여 있었지만 죄수는 사병을 보고 눈짓을 했다. 사병은 죄수에게로 몸을 구부렸다. 죄수가 무엇인지 속삭이자 사병은 머리를 끄덕거렸다.

탐험가는 장교의 뒤를 따라가더니 이렇게 말했다.

"당신은 저의 의도가 무엇인지 아직 모르실 겁니다. 사실 저는 이 처사에 대한 저의 견해를 사령관한테 말씀드리기는 하겠습니다만 회의에 나가서 하는 것이 아니라 단둘이 마주 앉아서 하겠습니다. 제가 얼마나 이곳에 있겠기에 회의에까지 참석할 시간이 있겠습니까. 저는 내일 아침 일찍 이곳을 떠나든지 그렇지 않으면 적어도 배를 타게 될 것입니다."

장교는 이런 이야기에 귀를 기울이는 것 같지 않았다.

"그러고 보니 저의 처사에 대해서 결국 납득이 가지 않으시는 모양이군요."

이렇게 혼잣말처럼 말하더니 마치 늙은이가 어린아이의 쓸데없는 장난을 보고 짓는 듯한 미소를 지었다. 그러한 미소 속에 자기의 진정한 생각을 숨기고 있는 듯했다.

"그렇다면 때가 되었군요."

장교는 이렇게 말하고 갑자기 무엇인가 독촉이라도 하면서 협력을 구하는 듯한 명랑한 시선으로 탐험가의 얼굴을 쳐다보았다.

"무슨 때가 되었다는 겁니까?"

탐험가는 불안한 표정으로 이렇게 물었으나 아무 대답도 없었다.

"너를 석방한다."

장교는 죄수를 보고 명령적인 말투로 말했다. 죄수는 처음에 믿을 수가 없었다.

"자, 석방이야, 너는."

장교는 재차 이렇게 말했다. 죄수의 얼굴에 그때 처음으로 생기가 돌았다. 정말일까? 언제 변할지 모르는 장교의 일시적인 기분에서 나온 말이 아닐까? 외국 탐험가가 힘을 써서 특사를 베푼 것일까? 어떻게 된 일이지? 죄수의 얼굴은 마치 이렇게 묻는 것 같았다. 그러나 그런 표정도 오래 계속되지는 않았다. 하여튼 죄수는 일단 용서를 받고 속히 석방되기를 원하면서 써레에 여유가 있는 대로 몸을 흔들었다.

"가죽띠 끊어질라. 좀 가만히 있어. 풀어줄 테니!"

장교는 신경질적으로 소리를 지르더니 사병에게 눈짓을 하고 나서 그와 둘이서 가죽띠를 풀기 시작했다. 죄수는 말없이 나직이 미소를 띠면서 왼편에 있는 장교와 오른쪽의 사병을 번갈아 쳐다보더니 탐험가를 바라보았다.

"끌어내."

장교는 사병에게 명령했다. 끌어낼 때도 써레가 있는 탓으로 약간 조심하지 않으면 안 되었다. 너무 서두른 탓에 죄수의 등에는 몇 가닥 가느다랗게 할퀸 자국이 남았다.

그러나 그때부터 장교는 죄수에게는 조금도 관심을 갖지 않고 탐험가한테로 어슬렁어슬렁 걸어가더니 다시 한번 자그마한 가죽 지갑을 꺼내어 그 속을 들추면서 쪽지를 찾아내어 그에게 보였다.

"읽어보세요."

장교가 말했다.

"못 읽겠는데요. 아까도 말했습니다만 이런 것은 읽지 못하겠어요."

탐험가가 말했다.

"자세히 보세요."

장교는 이렇게 말하고 나서 탐험가와 같이 읽기 위해 나란히 섰다. 그러나 그래도 소용이 없었다. 장교는 여전히 쪽지에 손을 대지 말라는 듯이 높이 들고 새끼손가락으로 그 쪽지 위를 더듬었다. 그렇게 해서 탐험가의 해독을 쉽게 하려는 것이다. 탐험가는 적어도 이 점에 있어서는 장교에게 만족을 주기 위해서 애써보았으나 해독할 길이 없었다. 그때 장교는 쪽지에 적힌 자모 하나하나를 읽기 시작했다. 그리고 다시 한번 자모를 연결시켜서 읽었다.

"'자이 게레히트sei gerecht(본분을 지켜라)'라고 씌어 있습니다. 그러면 당신도 읽을 수 있겠지요."

장교는 이렇게 말했다. 탐험가가 쪽지 위에 너무나 가까이 머리를 기울이고 들여다보았던 까닭에 장교는 손이나 대지 않을까 염려하면서 쪽지를 더욱 멀리했다. 탐험가는 아무 말도 하지 않았지만 역시 읽을 수 없는 것은 분명했다.

"'본분을 지켜라', 이 말씀입니다."

장교는 말을 되풀이했다.

"어쩐지 그렇게 씌어 있는 것도 같군요."

탐험가는 대답했다.

"그러시다면 좋습니다."

장교는 적어도 어느 정도 만족하면서 이렇게 말하더니 그 종이쪽지를 들고 사다리를 올라갔다. 그리고 그 종이를 매우 조심스럽게 제도기 안에 깔고 톱니바퀴 장치를 갈아 끼웠다. 극히 작은 톱니바퀴라 해도 하나하나가 모두 문제가 될 만큼 장교에게는 소중했다. 가끔 장교의 머리가 전부 제도기 안에 들어가는 일도 있었다. 이렇게까지 정밀하게 톱니바퀴 장치를 검사해야만 했던 것이다.

탐험가는 장교가 하는 일을 줄곧 올려다보았지만, 목이 뻣뻣해짐을 느꼈고, 하얗게 햇빛을 받은 하늘 때문에 피로를 느꼈다. 사병과 죄수는 서로 이야기를 주고받았다. 이미 구덩이 속에 버렸던 죄수의 셔츠와 바지를 사병은 총검 끝으로 들어올렸다. 셔츠는 메스꺼울 정도로 더러워져 있었는데 죄수는 그것을 물통에 넣어서 빨았다. 얼마 후 죄수가 셔츠와 바지를 입었을 때 사병과 죄수 자신도 커다란 소리로 웃지 않을 수 없었다. 정작 입었다는 옷이 뒤에서 두 갈래로 갈라져 있었기 때문이었다. 죄수는 본의는 아니었지만 사병을 즐겁게 해주어야겠다는 생각에 갈라진 옷을 입은 채 사병 앞에서 빙글빙글 돌면서 춤을 추었다. 그러다가 그만 땅 위에 푹 주저앉았다. 그러고는 무릎을 치며 한바탕 웃어젖혔다. 그러면서도 그 자리에 상관들이 있는 것을 생각해서 가능한 한 겸손하려고 애썼다.

드디어 기계 위에서 일을 끝마친 장교는 다시 한번 미소를 지으면서 사방을 한번 두루 살펴보더니 그때까지 열려 있던 제도기의 뚜껑을 덮고 내려왔다. 그리고 구멍 속을 기웃이 들여다보고는 다시 죄수 쪽을 보았다. 죄수가 어느덧 제 옷을 꺼내 입고 있는 것을 적이 만족하게 여기면서 장교는 손을 씻으러 물통이 있는 곳으로 갔다. 그러나 그때는 이미 죄수가 옷을 뺀 탓으로 구역질이 날 정도로 물이 더러웠다. 장교는 어리둥절해서 손은 씻지 못하고 드디어 모래 속에 — 이러한 대용품으로서는 마음이 개운하지 않았지만 하는 수 없이 그것이라도 달갑게 생각하지 않을 수 없었다— 손을 쓸어 넣었다. 그리고 일어서더니 군복 상의의 단추를 풀기 시작했다. 이때 뜻밖에도 그때까지 칼라 속에 들어 있던 두 개의 부인용 수건이 그의 손 위로 떨어졌다.

"자, 이 수건 받아."

장교는 이렇게 말하고 그 수건을 죄수한테 던져주었다. 그리고 탐험가를 돌아보며 설명이라도 하듯이 말했다.

"부인들이 전에 선물로 주었던 겁니다."

상의를 벗고 하나하나 옷을 다 벗어버릴 때까지 확실히 서두르고 있었지만 막상 벗고 나서는 옷을 하나씩 차근차근 개어두었다. 더욱이 군복에 달려 있는 은 단추를 손가락으로 어루만지며 너스레를 떨고 나서 다시 가지런히 해놓았다. 그러나 이렇게 정성스러운 태도를 보이며 옷가지를 차례차례 다 개고 나서는 갑자기 불쾌한 표정으로 옷을 구덩이 속에 던져버렸다. 나중에 손에 남은 것은 가죽끈이 달린 짧은 칼뿐이었다. 그런데 장교는 칼집에서 칼을 뽑더니 두 동강이로 꺾어 칼집, 가죽끈 할 것 없이 몰아쥐고 힘껏 던져버리는 것이었다. 그것들은 서로 마주쳐 소리를 내며 구덩이 속으로 들어갔다.

장교는 홀랑 벗은 채 그 자리에 서 있었다. 탐험가는 입술을 깨물며 아무 말도 없었다. 탐험가는 사실 그다음에 어떻게 되리라는 것을 알고 있었다. 그러나 장교가 하는 일을 가로막을 만한 권리는 없었다. 장교가 고스란히 정성을 기울이던 재판 과정이 탐험가의 간섭을 받을지도 모른다. 또 탐험가는 그렇게 하는 것을 자신의 의무라고 생각하고 있다. 재판 형식이 폐지될 운명에 놓여 있었다고 하면 그때 장교의 행동은 무엇보다도 당연한 것이었다. 가령 탐험가가 장교의 입장에 있었다고 해도 그와 같은 행동을 했으리라.

사병과 죄수는 처음엔 아무것도 몰랐다. 얼마 동안은 쳐다보지도 않았다. 죄수는 수건을 건네받고는 매우 기뻐했다. 그러나 그러한 기쁨도 오래 계속되지는 않았다. 뜻밖에도 사병이 옆에서 재빨리 그것을 빼앗았기 때문이다. 죄수는 멜빵에 끼워놓았던 수건을 사병에게서 다시 빼앗으려고 했으나 사병은 좀처럼 그런 기회를 주지 않았다. 장교가 홀랑 벗고 나섰을 때에야 비로소 두 사람은 주의를 기울였다. 특히 죄수는 어떤 심상치 않은 변화가 일어나리라는 예감을 느끼는 것 같았다. 자기가 알몸이 되더니 이번엔 장교가 알몸이 되었다. 혹은 최악의 사태가 벌어질는지도 모른다. 틀림없이 외국 탐험가가 그렇게 명령했으리라. 다시 말하면 그것은 복수다. 자기는 최후까지 고통을 당하지 않았지만, 장교는 끝까지 복수를 당하리라. 이렇게 생각하자 죄수의 얼굴에 만족스러운 듯 미소가 떠오르더니 사라질 줄을 몰랐다.

그런데 장교는 기계를 향하고 있었다. 장교가 이 기계에 대해서 익숙하다는 것을 제아무리 전부터 잘 알고 있을지라도, 이제 눈앞에서 장교가 기계를 조종하며 이에 따라서 기계가 움직이는 광경을 본다면 어느 누군들 놀라지 않을 수 없을 것이다. 장교가 다만 손을 써레에다 대기만 했는데 써레는 몇 번 오르내리더니, 장교를 받아들이기에 적당한 위치에 이르렀다. 장교가 침대 언저리에 손을 대자마자 어느덧 침대는 흔들리기 시작했다. 다음 순간 펠트 뭉치가 장교의 입으로 다가왔다. 장교는 확실히 그 펠트 뭉치만은 물고 싶지 않은 눈치였다. 그러나 잠시 주저하는 듯하더니 결심했다는 듯이 펠트를 받아 물었다. 오직 가죽띠만이 침대 언저리에 그냥 늘어져 있었다. 확실히 이것은 필요 없는 것이었다. 장교는 별로 동여맬 필요도 없었던 까닭이다. 그러나 풀려 있는 가죽띠가 죄수의 눈에 띄었을 때 가죽띠가 그렇게 풀려 있으면 안전한 집행을 할 수 없다고 생각했던지 사병을 보고 부지런히 눈짓을 보냈다. 곧 두 사람은 장교를 침대에 동여매려고 침대 옆으로 달려갔다. 마침 장교는 한쪽 발을 뻗어 제도기를 돌리는 크랭크를 당기려고 했다. 그때 두 사람이 뛰어오는 것을 보더니 발을 끌어당겨 장교는 두 사람이 매는 대로 맡겨두었다. 물론 그렇기 때문에 장교는 크랭크에 발이 닿지를 않았다. 그렇다고 해서 사병이나 죄수가 크랭크를 찾아낼 수 있는 것도 아니었다. 탐험가는 절대로 움직이지 않으려고 단단히 마음을 먹었지만 소용없는 일이었다. 가죽 끈을 동여매자 기계는 움직이기 시작했다. 침대가 흔들리며 몇 개의 침이 피부 위에서 춤추고 써레는 상하로 흔들렸다. 탐험가는 그런 광경을 바라보고 있는 동안 머지않아서 제도기 안의 톱니바퀴 하나가 삐걱 소리를 내리라고 생각했으나 철커덕거리는 나직한 소리조차 없이 기계는 조용히 돌았다.

이렇게 기계가 조용히 돌았던 까닭에 옆에 있던 사람들의 기계에 대한 주의가 점점 사라지고 말았다. 탐험가는 사병과 죄수를 쳐다보았다. 특히 죄수는 생기를 띠고 기계의 모든 부분에 흥미를 느끼며 허리를 굽히기도 하고 몸을 쭉 뻗기도 하면서 끊임없이 둘째손가락을 뻗어 무언지 사병에게 가리키려고 했다. 그런 태도를 보자 탐험가는 몹시 괴로웠다. 탐험가는 최후까지 현장에 머물 결심이었으나 두 사람의 태도를 보자 그 이상 바라볼 수가 없었다.

"너희들은 집으로 가."

탐험가는 이렇게 말했다. 사병은 벌써부터 집으로 돌아가려고 했는지도 모른다. 그러나 죄수는 그 명령을 처벌로 오해했다. 죄수는 두 손을 모으고 자기를 그 자리에 내버려두어달라고 간절히 애원하는 것이었다. 그래도 탐험가가 머리를 흔들며 들어주려 하지 않자 그는 그 자리에 무릎을 꿇기까지 했다. 탐험가는 어떠한 명령이라도 이제는 아무 소용이 없다는 것을 깨닫고 가까이 다가가서 그 두 사람을 쫓아버리려고 했다.

그때 머리 위의 제도기 속에서 요란한 소리가 들려왔다. 탐험가는 자기도 모르게 바라보았다. 역시 그 톱니바퀴의 고장일까? 그게 아니라 제도기의 뚜껑이 활짝 열려 있었다. 그와 동시에 어떤 톱니바퀴의 톱니가 쑥 나타나더니 잠시 후에 톱니바퀴가 다 드러났다. 어떤 강한 힘이 제도기를 압축한 까닭에 이미 이 톱니바퀴가 들어갈 자리가 없는 것 같았다. 톱니바퀴는 빙글빙글 돌면서 제도기 위로 올라오더니 밑으로 떨어져서 모래 위를 얼마 동안 그냥 굴러가다가 그만 쓰러지고 말았다. 그런데 이미 그때는 머리 위에 다른 톱니바퀴가 나타나 있었다. 이와 같이 연이어 큰 것, 작은 것, 거의 분간할 수 없는 바퀴가 수없이 나타나서는 모두 똑같은 일을 반복했다. 이만하면 제도기 속은 텅 비었으리라고 생각되었지만 그때 또 다른 무수한 톱니바퀴 뭉치가 쑥 올라와서는 밑으로 떨어져서 모래 위를 얼마 동안 굴러가다간 전과 같이 옆으로 쓰러지곤 했다.

이러한 일이 있었던 까닭에 죄수는 탐험가의 명령을 고스란히 잊어버리고 말았다. 톱니바퀴에 정신이 팔려서 죄수는 사병에게 도와달라면서 그 하나를 주우려고 했으나 그만 흠칫 놀라며 손을 뒤로 끌어당겼다. 곧 이어 굴러오기 시작한 다른 톱니바퀴에 겁을 먹었기 때문이었다. 그와 반대로 탐험가는 몹시 불안했다. 기계가 망가진 것은 확실했다. 처음에 조용히 잘 돌던 것은 기계가 인간을 기만하고 있었던 것에 지나지 않았다. 장교가 이미 제 몸을 걷잡지 못하게 된 이상 이제 장교의 몸을 건져줄 사람은 자기밖에 없다고 탐험가는 생각했다. 사실 톱니바퀴가 끊임없이 떨어지는 데에 온 정신을 팔고 있는 동안 탐험가는 기계의 다른 부분에 대한 감시를 소홀히 하고 있었던 것이다. 그러나 마지막 톱니바퀴가 제도기에서 떨어진 후 써레를 들여다보고 새로운 광경을 목격했을 때 탐험가는 한층 더 놀랐다. 써레는 더는 글자를 쓰지 않고 찌르기만 하고 있었다. 한편 침대는 몸을 반전시켜주기는커녕 흔들리기만 하면서 침 있는 데로 쑥 올라오고 있었다. 탐험가는 손을 쑥 넣어서 될 수 있으면 기계를 정지시키려 했다. 장교가 받고 있는 것은 결코 고문이라 할 수 없었다. 이미 고스란히 죽어버린 것이었다. 장교의 두 손은 쭉 뻗어 있었다. 그런데 써레도 전 같으면 열두 시간이 지나야 작동하던 것이 이번에는 이미 푹 찌른 육체를 들어서 옆으로 돌리고 있었다. 물도 섞이지 않았는데 피가 철철 흘러내리고 있어 그렇게 많은 배수관도 미처 피를 뽑아내지 못하고 있었다. 그런데 마지막 순간에 또 이상한 일이 생겼다. 몸뚱이가 기다란 침 끝에 달린 채 피를 뿜으면서 구덩이 위에 걸려 좀처럼 떨어지지를 않았다. 써레는 벌써 제자리로 돌아가려는 참이었다. 그러나 아직 무거운 짐을 풀지 못했다는 것을 스스로 깨달은 듯이 여전히 구멍 위에 머물러 있었다.

"여봐! 좀 도와줘!"

탐험가는 사병과 죄수를 바라보며 이렇게 소리를 지르더니 장교의 양발을 붙잡았다.

탐험가는 이때 장교의 발에 몸을 대고 밀기로 하고 반대쪽에서 두 사람이 장교의 머리를 붙잡으면 그의 몸이 침에서 비스듬히 빠져나오리라고 생각했던 것이다. 그러나 죄수와 사병 두 사람은 감히 손을 댈 생각조차 하지 못했다. 죄수는 그만 꽁무니를 빼려고 했다. 탐험가는 억지로 그들을 장교의 머리맡에까지 끌어왔다. 원해서 본 것은 아니지만 이때 탐험가는 우연히 시체의 얼굴을 보게 되었다. 아직 살았을 때 그대로의 얼굴이었다. 그처럼 자신 있게 그가 확언하던 구원의 징조는 하나도 보이지 않았다. 다른 사람들이 이기계에 누웠을 때 얻을 수 있었던 구원의 경지에 그 장교는 끝내 도달하지 못하고 말았다. 입술은 굳게 닫혀 있었다. 아직 감기지 않은 눈은 여전히 생기를 띠고 있었다. 그 시선에는 어떤 고요한 확신이 넘쳐 흐르고 있었다. 또한 이마에는 커다란 쇠송곳이 나와 있었다.

탐험가가 사병과 죄수를 데리고 유형지의 어느 부락에 겨우 들어섰을 때, 사병은 그중 한 집을 가리키며 이렇게 말했다.

"여기가 카페입니다."

어떤 건물이 있었는데 아래층은 깊숙했고 천장은 나직한데다 그 천장과 주위의 벽은 몹시 그을려 있어 마치 하나의 동굴 같은 인상을 주었다. 그 방의 거리 쪽으로 향한 벽은 끝에서 끝까지 자유롭게 출입할 수 있도록 열려 있었다. 카페라고는 하지만 이 집도 사령부의 웅장한 건물을 제외한 유형지의 다른 낡아빠진 건물들과 별로 다를 것이 없었다. 그래도 이 건물은 탐험가에게 역사적 고적과 같은 감명을 주었다. 지난날의 권세를 느낄 수 있었던 것이다. 그는 점점 가까이 걸어 들어갔다. 탐험가는 두 사람을 데리고 카페 앞 길가에 놓인 텅 빈 테이블 사이를 지나갔다. 그때 그들은 안에서 풍겨 나오는 싸늘하고 곰팡이 냄새 나는 공기를 감지할 수 있었다.

"그 노인은 여기에 묻혀 있습니다."

사병은 느닷없이 전임 사령관의 말을 꺼냈다.

"목사님이 거절한 까닭에 묘지에 자리를 구하지 못하고 한동안 망설이다가 결국 여기에 묻게 되었습니다. 장교가 사실 그에 대한 말을 한 마디도 하지 않았던 것은 무엇보다도 그 일을 부끄럽게 생각했기 때문일 겁니다. 물론 장교는 밤중에 두서너 번 그 노인을 파내려고 했지만 부락 사람들이 그럴 때마다 쫓아버렸습니다."

사병의 말이 믿어지지 않던 탐험가가 물었다.

"무덤은 어디 있지?"

그 말을 듣고 사병과 죄수는 탐험가보다 좀 앞서서 뛰어갔다. 손을 뻗어 무덤 있는 곳을 가리키면서 맞은편에 보이는 벽까지 탐험가를 안내했다. 몇 개의 테이블에 손님들이 앉아 있었다. 부두의 노동자들 같았다. 얼굴에 짧고 검은 수염이 지저분하게 난 장대한 남자들이었다. 모두 상의도 입지 않고 셔츠는 너덜너덜하게 낡은 것이 보기에도 가난하고 천한 사람들 같았다. 탐험가가 다가왔을 때 몇몇 사람은 자리에서 일어나 벽에다 몸을 기대고 경계하는 시선으로 그를 쳐다보았다.

"외국인이야."

탐험가의 주위에서는 이렇게 속삭이는 소리가 들렸다.

"무덤을 보러 왔어."

테이블 하나를 옆으로 밀어놓았을 때 그 밑에 정말로 비석이 보였다. 거친 돌로 된 비석이었는데 테이블 밑에 가려질 만큼 나직한 높이였다. 비석에는 매우 작은 글자가 새겨져 있었다. 탐험가는 그것을 읽기 위해 무릎을 꿇었다. 비석에는 이렇게 씌어 있었다.

"이곳에 노 사령관은 잠들었다. 지금은 성명 기입을 주저하지만 그의 동료들이 그를 위해서 무덤을 파고 비석을 세웠다. 몇 년 후 사령관이 다시 소생하여 이 집에서 동료들을 거느리고 이곳 유형지를 탈환하리라는 예언을 믿고 기다리라!"

탐험가가 이것을 읽고 일어섰을 때 어느덧 사람들이 빙 둘러서서 '우리도 읽어보았지만 정말 우스운 이야기 아닙니까? 어떻소, 우리와 동감이시지요?' 하고 다그쳐 묻는 듯한 미소를 일제히 띠고 있었다. 탐험가는 일부러 모르는 척하고 은화를 몇 개 그네들에게 주고 테이블이 다시 무덤 있는 자리에 놓이는 것을 기다렸다가 카페에서 나와 항구로 향했다.

사병과 죄수는 카페에서 친지를 만나 붙들려 있게 되었다. 그러나 곧 그들과 헤어진 것이 틀림없었다. 탐험가가 작은 배에 오르려고 긴 계단을 반 가량 내려갔을 때 어느덧 뒤에서 따라오고 있었다. 두 사람은 탐험가에게 같이 따라가겠다고 애원했다. 탐험가가 계단을 다 내려와서 기선까지 태워다달라고 사공과 교섭하고 있을 때 두 사람은 아무 말도 없이 쏜살같이 계단을 내려왔다. 그네들은 감히 소리를 칠 수가 없었다. 그런데 두 사람이 계단을 다 내려왔을 때는 이미 탐험가는 배에 올라타고 사공이 닻줄을 푼 다음이었다. 두 사람은 배에 뛰어오를 수 있었을지도 모른다. 그러나 탐험가는 뱃바닥에서 마디진 굵다란 닻줄을 들고 위협하면서 뛰어오르려는 두 사람을 가로막았다.

단식 광대

지난 몇십 년 동안 단식 광대에 대한 일반의 흥미는 쇠퇴의 길을
걸어왔다. 예전에는 시에서 직영하는 흥행 업종으로 상당히 수지
맞는 장사였지만 이제는 시세가 폭락했다. 시대가 변한 것이다. 그
때만 해도 도시 전체가 단식 광대에 대한 화제로 떠들썩했다. 단식
이 되풀이될수록 일반의 관심은 점점 고조되어 너나없이 단식 광대
를 하루에 한 번 이상 보지 않고는 직성이 풀리지 않았다. 흥행이 끝
나면 사람들은 창살이 달린 우리 앞에 며칠씩 앉아 예약을 할 정도
였다. 밤에도 불을 피워놓고 광대를 감시하며 효과를 높였다. 맑은
날씨에는 광대가 들어 있는 우리를 밖에 내다놓았다. 그러면 아이
들이 몰려들었다. 어른에게는 심심풀이에 지나지 않았겠지만, 아이
들에게는 그렇지 않았다. 놀라서 입을 딱 벌리고 서로의 손을 쥔 채
창백하게 긴장된 얼굴로 단식 광대의 얼굴을 뚫어져라 처다보았다.

단식 광대는 검은 속옷을 입고 있어 갈빗대가 앙상하게 드러나 보였다. 의자에 앉는 것까지 거부하고 짚 위에 앉은 채 정중한 목례를 하고 나서 긴장한 얼굴에는 미소까지 띤 채 질문에 대답하며 앙상하게 마른 팔을 사람들에게 만져보라고 더러 철창 밖으로 내놓기도 하면서 마치 묵념이라도 하듯이 깊은 명상에 빠졌다. 또한 우리 안에 있는 유일한 세간이자 그에겐 중요하기 이를 데 없는 시계 소리에도 무관심했고 옆도 돌아보지 않고 눈을 반쯤 감은 채 앞을 응시했다. 단지 때때로 마른 입술을 축이기 위해 작은 잔으로 물을 마셨다.

드나드는 손님들 외에도 손님들이 뽑는 감시인이 있었는데, 이상하게도 대개는 푸줏간 주인들이 뽑혔고, 이들 세 사람으로 조직된 감시원들은 광대가 몰래 음식을 먹지 못하도록 빈틈없는 감시를 게을리하지 않았다. 그러나 그것은 구경꾼들의 의심을 풀어주기 위한 형식에 지나지 않았다. 왜냐하면 단식 광대는 어떤 일이 있어도, 그러니까 명령을 하든 강제로 권하든 결코 음식을 먹지 않는다는 사실을 소식통들은 잘 알고 있었기 때문이다. 단식 광대로서의 자존심이 허락하지 않았던 것이다.

물론 감시원이라고 해서 모두가 이 점을 이해하고 있지는 않았다. 때로 그들 야간 감시원 중에는 적당주의로 나가는 사람도 있어서 멀찌감치 앉아, 먹어도 괜찮으니 먹으라는 듯이 트럼프에 열중하는 경우도 있었다. 이러한 유의 감시원들이야말로 단식 광대를 가장 괴롭히는 존재였다. 그들은 광대에게 비참함을 안겨주며 굶는 행위를 절망적인 고통으로 환원시켰다.

때로 단식 광대는 기력이 쇠하는 것을 참으며 감시하는 도중 있는 힘을 다해 노래까지 불렀다. 광대에 대한 그들의 인식이 얼마나 글러먹은 것인가를 알리기 위해 노래하는 것이었다. 그러나 그것은 아무 소용없는 노력이었다. 왜냐하면 노래를 부르면서도 교묘히 무엇인가 먹을 수 있는 광대의 기술이 놀랍다고 여기는 그들이었으니까. 차라리 넓은 홀에 켜진 불만으로 만족하지 않고 흥행주가 준 손전등으로 광대를 비추며 감시하는 감시원들이 훨씬 광대에겐 좋았다. 그 눈부신 손전등의 빛은 조금도 방해가 되지 않았다. 잘 수는 없었지만, 언제든지, 어떤 불빛 속에서든, 만원으로 떠들썩한 넓은 방에서도 그는 꾸벅꾸벅 졸 수 있었다. 그는 감시원들과 한잠도 못 자고 밤을 새우는 것이 좋았다. 그들과 농담을 주고받으며 자기 방랑 생활의 이모저모를 들려주기도 하고, 또 감시원들의 이야기에 귀를 기울이는 것도 마다하지 않았다. 이 모든 것은 감시원들을 옆에 잡아두어 음식을 전혀 우리 속에 가져오지 않았다는 사실과 누구도 흉내낼 수 없는 단식 기술을 지금 발휘하고 있다는 사실을 그들에게 재차 증명하고 싶었기 때문이었다.

그러나 아침이 되어 광대가 한턱내는 돈으로 산더미 같은 음식이 운반되어와, 철야로 피곤해진 그들 감시원들이 건장한 남자의 왕성한 식욕으로 그 음식에 달려들 때야말로 광대에겐 가장 행복한 시간이었다.

아닌게아니라 이런 아침을 사는 일에 감시원들이 매수되지나 않을까 의심을 품는 사람도 있었다. 그러나 그것은 지나친 생각이었다. 그런 일을 염려하여 아침밥을 얻어먹지 않고 감시해줄 사람이 있느냐고 광대 측에서 들고 나서면 오히려 그들은 주저하며 아침밥을 얻어먹겠다는 것이었다.

이것은 단식 흥행에 반드시 수반되는 혐의 중의 하나였다. 누가 매일 밤낮을 광대 곁에 붙어 서서 감시할 수 있단 말인가? 따라서 단식 흥행 도중 중단 없이 단식이 계속되고 있음을 완전히 확언할 수 있는 사람은 아무도 없었다. 단지 광대 자신만이 중단되지 않는다는 사실을 알고 있었다. 말하자면 광대 자신만이 자기의 흥행에 만족하는 유일한 관객이기도 했다. 그러나 그의 불만의 원인은 따로 있었다. 많은 사람들은 초췌해진 광대를 차마 볼 수 없다는 연민으로 광대를 멀리하지 않을 수 없었다. 그러나 광대로 말하자면 모든 사람이 생각하듯 그렇게 초췌한 상태는 아니었고, 초췌한 진짜 원인은 자기 자신에 대한 불만에서 오는 것이었다. 어떠한 소식통도 알 수 없는 일, 즉 단식이란 극히 쉬운 일이라는 사실을 그만은 알고 있었다. 단식한다는 것은 이를 데 없이 쉬운 일이라고 생각했다. 광대는 이 사실을 모든 사람에게 말했으나 믿으려 하는 사람이 하나도 없었다. 좋게 봐줘서 광대의 겸손이라고 하는 측도 있었지만 대개의 사람들은 자기 선전이나 사기 흥행이라고 생각했다. 만일 단식이 사기라면 단식의 묘법을 습득하고 있기 때문에 쉽다는 것이었다. 만일 사기가 아니라면 그렇게 뻔뻔하게 쉽다고 공언할 꿈은 꾸지도 못했을 것이라는 측도 있었다. 광대는 이러한 모든 비판을 감수해야 했다. 세월이 갈수록 그러한 비판에 익숙해졌으나 이에 대한 불만은 그를 늘 사로잡고 괴롭혔다. 이제까지 단식 흥행이 끝날 때마다 그 기록의 증명서가 그에게 교부되었는데, 광대 스스로

가 우리에서 떠나본 적은 없었다.

홍행주는 단식의 최장 기간으로 40일을 설정하고 그 이상의 단식은 아무리 큰 도시에서라 할지라도 허용하지 않았다. 그럴 만한 타당한 이유가 있었다. 약 40일이란 단식 기간은 경험에 비춰보건대 홍행 효과를 높여 도시 사람들의 관심을 끌 수 있는 한계였다. 만일 그 이상으로 연장하면 관객이 뜸해지고 손님 수가 줄어들기 일쑤였다. 물론 도시와 시골은 다소 차이가 있었다. 그러나 보통 40일을 최장 홍행 기간으로 정하는 것이 적합했다. 따라서 40일이 되면 열띤 관중이 장내를 꽉 메웠고, 꽃으로 장식한 우리의 문이 열렸다. 게다가 군악대의 반주가 있었고 두 사람의 의사에 의해 필요한 검진이 있었고 그 검진의 결과는 마이크로 전 장내에 보고되었다. 마지막엔, 추첨으로 뽑힌 젊은 귀부인이 등장해 울면서 광대를 두서너 계단 아래로 안내하는 절차가 기다리고 있었다. 그곳에는 작은 탁자 위에 병자가 먹을 수 있게 만든 진수성찬이 마련되어 있었다.

그 순간 단식 광대는 부인의 안내에 응하려 하지 않았다. 그는 그 앞에 몸을 굽혀 도움을 주겠다고 내민 부인의 손에 자진해서 앙상한 팔을 맡기긴 했지만 일어나려 하지는 않았다. 40일이 된 지금 왜 단식을 중단해야만 하는가? 아직도 무제한으로 단식을 계속할 수 있는데…… 무엇 때문에 단식의 절정에서 그것을 중지해야 하는가? 왜 좀 더 계속하려는 나의 영광을 인간들은 나에게서 박탈하려 하는가? 그 영광은 동서고금을 통한 최대의 단식자가 되는 것에 그치는 것이 아니다. 사실 나는 최대의 단식자이다. 무변한 피안에 자리잡고 어느 인간도 포착하지 못할 정도로 높은 경지에 도달하려는 것이 나의 의도인데……. 사실 그는 자신의 단식 능력엔 한계가 없다고 느끼고 있었다. 이렇게 나에게 찬사를 아끼지 않는 대중이 어찌해서 그 이상 계속하도록 허락하지 않으며 더 참아주지 않는가? 나는 그 이상 단식을 계속할 수 있는데 왜 그들은 더 있어주지 않는가? 그는 지쳐 있었지만 짚 위에서 자세를 바로했다. 이제 얼른 일어서서 음식을 차려둔 탁자로 걸어가야 한다. 식사한다는 사실은 생각만 해도 구역질이 나왔지만 귀부인 앞에서 도저히 그렇다고 말할 수는 없었다. 겉으로 보기에는 친밀하게 보이면서도 실은 잔인하기 이를 데 없는 귀부인들의 눈을 응시하며 가냘픈 목 위에 무겁게 달려 있는 머리통을 옆으로 흔들었다.

그때 늘 하기로 되어 있는 행사가 시작되었다. 즉 흥행주가 와서 아무 말 없이 단식 광대의 손을 머리 위로 치켜올리는 것이다. 음악은 말할 수 없을 만큼 요란했다. 그건 그렇고 광대의 손을 들어올린 이유는 짚 위에 있는 사랑하는 이 순교자를 하느님께서도 굽어보시라는 시늉 같기도 했다. 사실 이 단식 광대는 순교자임에 틀림없었다. 그러나 전혀 다른 뜻에서의 순교자였다. 흥행주는 깨지기 쉬운 물건을 다루듯 극히 조심스런 손짓으로 말라빠진 광대의 몸을 부축해 올렸다. 살그머니 몸을 건드렸는데도 광대의 다리와 상체는 자기도 모르게 비칠거렸다. 이러는 동안 광대는 시체처럼 창백하게 질려버린 귀부인들의 손으로 넘어갔다.

이미 광대는 모든 것을 체념했다. 그의 머리통이 가슴 위에 와 얹혔다가 밑으로 굴러떨어질 기세를 보이자 광대는 정신없이 몸을 버티었다. 그때 그의 모습은 텅 빈 껍데기 같았다. 자기 보존 본능 때문에 다리로 땅을 버티고 서 있기는 했으나 그의 다리는 허공에 뜬 양 후들거렸다. 그의 다리가 애당초 필요로 한 것은 현실의 지면이 었다. 그러나 가볍기 짝이 없는 그의 몸은 한 귀부인의 몸에 가서 연 걸리듯 걸려버렸다. 그녀는 시중을 들면서 몹시 숨을 헐떡였다. 명 예로운 역할인 줄 알았지 이럴 줄은 꿈에도 몰랐던 것이다. 광대의 얼굴이 자기에게 와서 닿을까 두려워 그녀는 목을 옆으로 길게 빼 고 있었다. 그러나 뜻대로 되는 일이 아니었다. 다른 편에 선 운 좋 은 귀부인은 거들어줄 생각은 조금도 하지 않고 퍽 만족한 표정을 짓고 있었다. 그리하여 난처하게 된 여인이 부들부들 몸을 떨면서 뼈만 남은 광대의 손을 자기 앞으로 가져오려 했을 때 그 광경을 바 라보던 장내의 관객들은 떠들썩한 웃음을 터뜨렸다. 마침내 도저히 참을 수 없게 된 그 여인이 울음을 터뜨리는 바람에 전부터 대기하 고 있던 사환과 교대하지 않으면 안 되었다. 곧 식사가 시작되었다. 반쯤 실신하고 꿈꾸는 것 같은 광대에게 흥행주는 음식물을 흘려 넣어주었다. 그러는 동안 광대에게 집중된 관중의 주의를 다른 곳 으로 쏠리게 하기 위하여 흥행주는 만담조의 말을 늘어놓기 시작했 다. 이를테면 단식 광대 자신이 흥행주에게 오늘의 흥행 종료를 축 하하는 건배를 들자고 속삭이기나 한 것처럼 그에 답하는 형식으로 흥행주는 건배하자고 관중을 향하여 외치는 것이었다.

악대는 더 신이 나서 나팔 소리를 높이며 관중의 흥분을 고조시 켰고 단식 흥행이 끝났음을 알렸다. 여기에 불만을 표시하는 사람 은 한 사람도 없었다. 단지 광대 자신만이 불만을 느꼈을 뿐이다.

이리하여 광대는 규칙적으로 한숨을 돌리는 휴식을 취하며 긴 세

월을 살아왔다. 겉으로 보기에는 화려하게 영광을 누리며, 모든 사람들에게 찬양을 받으며 살아왔다. 그럼에도 불구하고 그는 항상 침울하게 입을 다물고 있었다. 누구 하나 그의 감정을 이해해주는 사람이 없었기에 그의 생활은 더 우울했다. 어떻게 하는 것이 그에게 위안이 되었을까? 광대를 위해서 기도해줄 무엇이 있는가?

한번은 어떤 인정 있는 사람이 다가와 그 우울함은 아마 단식으로 인한 것일지 모른다고 설명하려 했다. 그때야말로 단식의 절정을 향하여 가는 때였다. 이러한 설명에 단식 광대는 갑자기 성을 내면서 마치 야수처럼 우리의 창살을 요란하게 흔들어 구경꾼들을 깜짝 놀라게 한 적이 있었다. 그러나 흥행주는 벌써 이러한 사태를 그의 장기처럼 이용하는 해결책을 터득하고 있었다. 그는 모여든 관중 앞에 나아가 광대를 위한 변명을 시작했다. 배불리 식사한 여러분께서는 얼른 이해하기 곤란하시겠지만 단식이란 것이 사람을 신경질적으로 만든다는 사실을 조금이라도 이해해주신다면 오늘 광대의 난폭한 행위를 용서하실 줄로 압니다……. 이런 식의 얘기였다. 동시에 흥행주는 이제까지 해온 단식보다 더 오랜 시간 단식을 할 수 있다고 말하고 싶어하는 광대의 심정을 대변해주면서 그 광대의 고매한 노력과 선한 의도와 위대한 자기 부정을 찬양했다. 이러한 자기의 웅변을 뒷받침하기 위해 이번에는 장내에서 팔고 있는 가지가지의 사진을 관중에게 보이기까지 했다. 단식 광대가 어느 단식 흥행의 40일째 되던 날 불면 꺼질 것같이 여윈 몸을 침대에 던지고 있는 모습을 찍은 사진이었다. 이와 같이 사실과는 거리가 먼 가당치도 않은 이 흥행사의 빈번한 사기 행위를 광대는 잘 알고 있었다. 그리고 그런 일을 목격할 때마다 실망과 피로와 허약감을 느꼈다. 옛날의 단식이 가져온 결과가 어떠했는가를 입증하고 있는 것 같았다. 이 어리석은 세상과 맞서 싸운다는 것은 단식 광대에겐 불가능하게 느껴졌다.

그러면서도 불굴의 신념을 가지고 호시탐탐 흥행주의 행위를 주시하고 있었으나 사진만 나오면 그만 창살에서 손을 떼고 짚으로 쓰러지며 한숨을 쉬었다. 그러고는 답답한 가슴을 손으로 쓸어내렸다. 그러면 관중은 다시 가까이 몰려와 호기심 어린 눈매로 우리 속을 들여다보는 것이었다.

이러한 장면을 목격한 사람들은 2, 3년 후 그 장면을 회상해보았을 것이다. 그러고는 어딘지 석연치 못한 곳이 있었다고 느꼈을 것이다. 그 세월 동안에 굉장한 변화가 일어났다. 거의 갑작스런 사건이라고 할 수 있는 것이었다. 좀 더 깊은 이유가 있었는지는 몰라도 아무도 그러한 변화의 원인을 파고들어 규명하려 들지 않았다.

명성을 누려온 단식 광대는 오락을 구하는 대중이 자기에게서 갑자기 떨어져나가 다른 구경거리로 몰려가는 것을 보았다. 다시 한번 예전의 인기를 회복해보고자 흥행주와 함께 유럽의 거의 반을 두루 돌아다녔으나 쓸데없는 헛수고였다. 어디를 가나 단식 흥행을 싫어하는 풍조가 휩쓸고 있다는 것은 신기할 정도였다. 하루아침에 이런 사태가 벌어졌다고는 할 수 없다. 늦기는 했지만 사람들은 당시 단식이 최고의 인기였을 때 주의해서 감시했어야 되는데 그냥 지나쳐버린, 무엇인가 숨길 수 없는 면이 있었다는 걸 이제 와서 생각해낸 것이다.

이제 와서 그런 사기 행위 같은 것의 방어책을 강구한댔자 이미 때는 늦었다. 언젠가 단식의 시대가 오리라는 것은 확실했지만 현대인들은 그런 것에 무관심하기 짝이 없었다. 그렇다면 단식 광대는 어찌해야 한단 말인가? 그렇게도 많은 군중의 환호를 받던 몸이 조그마한 도시에 있는 작은 극장 같은 데 나간다는 것은 불가능한 일이었다. 다른 직업으로 전환을 하기에는 벌써 너무 늙은 몸이었다. 무엇보다도 그는 단식에 너무나 큰 열정을 가지고 있었다.

이런 이유로 단식 광대는 둘도 없는 콤비였던 흥행주와 손을 끊고 어떤 큰 서커스단에 들어갔다. 그는 자신의 결백을 입증하기 위해서 계약 조건 같은 것은 관심 밖이었다.

서커스단이란 곳은 1년 내내 끊임없이 해고되고 보충되는 인간들, 동물들, 그리고 크고 작은 도구로 넘쳐났다. 언제 어디에서든 사용할 수 있는 물적 자원과 인적 자원이 상비되어 있었다. 단식 광대도 서커스 측에서 요구하는 대로 응해야 된다는 점에서는 예외일 수 없었다. 이곳에는 광대 자신뿐만 아니라 옛날부터 세상에 떨친 그의 이름도 고용되어 있었다. 더욱이 그의 굶는 특기란 것은 나이를 먹는다고 감퇴되는 성질의 것이 아니었다. 따라서 전성기가 지나 할 수 없이 안정된 직장인 서커스에 들어갔다고는 아무도 말할 수 없었다. 단식 광대는 오히려 자신만만하게 나는 예전과 다름없이 훌륭한 단식을 보여주겠다고 단언했을 뿐 아니라 내 뜻대로 내버려둔다면 이제야말로 세상을 놀라게 해줄 수 있다고 주장했다. 물론 뜻대로 해보라는 허락은 즉석에서 받았다. 사실 단식 광대는 그때 세상 물정을 모르고 지나치게 흥분하고 있었다. 그러나 세상

물정을 돌아볼 때 그 광대의 주장은 흥행인들의 실소를 자아내는 것이었다.

그러나 결국 단식 광대 측에서도 그러한 실정을 무시할 수 없었다. 그도 자신이 들어가 있는 우리가 서커스장의 한군데에 놓이지 않고 사람들이 많이 드나드는 동물 우리 곁에 놓이는 것을 당연한 처사라고 여기고 있었다. 선명한 색깔로 선명하게 쓴 선전문이 우리를 둘러가며 빽빽이 붙어 있었고 그 광고문은 거행되는 흥행 내용을 선전하고 있었다. 관중은 흥행의 막간을 이용하여 동물을 구경하려고 동물 우리로 몰려오긴 했으나 단식 광대 앞에 와서는 잠깐 발걸음을 멈췄다가 곧 그 자리를 떠나버리는 것이었다. 좁은 통로를 통해 동물 우리로 줄지어가던 군중은 무엇 때문에 가던 행렬이 멈추나 의아하게 생각했다. 그리하여 뒤에서 밀려드는 사람의 물결 때문에 광대를 좀 더 쳐다보고 싶은 사람들도 오래 서 있을 수가 없었다. 생활을 목적으로 이곳에 온 이상 관중이 몰려드는 이 시간을 기다려야 마땅하겠지만 사실 단식 광대는 이 시간이 오면 몸서리치며 겁을 먹었다. 처음에는 이러한 막간 시간이 오는 것을 기다리지 않은 것도 아니었다. 물밀 듯이 밀려오는 관중을 황홀하게 바라보았던 것이다. 그러나 광대는 곧 그 군중이 동물 우리를 구경하기 위하여 그곳으로 가고 있다는 사실을 깨달았다. 이러한 경험은 어떠한 완강한 의지나 자기 기만으로도 맞설 수 없을 만큼 강한 괴로움이었다. 여하튼 멀리서 보기에도 그 군중의 물결은 황홀했다.

군중이 그에게 가까이 왔을 때, 그들이 서로 앞을 다투기도 하고 요란하게 떠들기도 하는 바람에 일대 소란이 그를 둘러쌌다. 가끔은 이 광대를 차근차근 보고 싶어하는 사람도 있긴 했지만 그들조차도 심심풀이로 보거나 놀리려는 심보로 쳐다보는 것이었다. 이러한 군중을 광대는 도저히 참아낼 수 없었다.

또 다른 군중은 광대고 뭐고 아랑곳없이 동물 우리 쪽으로 가려는 부류들이었다. 홍수같이 밀려오던 대군중이 지나가고 나면 낙오병들이 뒤따라왔다. 이들은 원하기만 하면 여유 있게 광대 앞에서 발걸음을 멈출 수 있었다. 그러나 이들은 동물 구경을 못할세라 빠른 걸음으로 단식 광대 앞을 스쳐갔다. 그중에 아주 드문 일이긴 하나 아이들을 동반한 아버지가 오는 경우도 있었다. 그런 아버지들은 단식 광대를 손으로 가리키며 아이들에게 저 사람은 무엇하는 사람인가를 설명해주기도 했다. 그건 행복한 경우에 속했다. 이 광대는 지금 이곳과는 비교도 안 되게 큰 흥행 장소에 있었단다 하고 그 아버지는 아이들에게 말해주었다. 아이들은 학교에서나 집에서 한 번도 들어보지 못한 이야기인지라 단식이 도대체 무엇일까를 궁금하게 여겼다. 궁금하게 여기면서도 그 아이들은 눈을 반짝이며 새로운 미래와 축복받은 시대의 비밀을 상상하며 저울질해보는 것이었다. 이런 때 단식 광대는 이러한 동물 우리 곁만 아니라도 모든 것이 지금보다는 나았을 텐데 하고 혼잣말로 뇌까려보곤 했다.

서커스단 측에서 그렇게 결정해버린 것은 동물 우리의 냄새, 밤이 되면 소란을 피우는 동물들, 맹수들에게 주기 위해서 그의 눈앞을 지나 운반되는 날고기, 먹이를 줄 때 소란한 포효하는 동물들의 아우성 ― 이런 것들이 광대의 기분을 상하게 하리라는 사실쯤은 문제삼지 않았기 때문이다. 그리고 그는 감독에게 자리를 옮겨달라는 청원도 하지 않았다. 오히려 그는 동물들 덕택으로 그나마 군중을 배급받고 있다는 생각까지 들었다.

그런 군중 중에는 고객도 있었다. 따라서 자기 존재를 더 명확히 하려고 청원 같은 것을 했더라면, 정확히 말해서 그는 동물 우리로 가는 길을 방해하는 존재일 뿐 아무것도 아니었기 때문에, 이번에는 어느 구석에 버려졌을지 모를 일이다.

물론 굉장한 방해물은 아니었다. 방해의 정도라야 아무것도 아니었고 점점 그 역할조차 희미해져갈 것이다. 오늘날 단식 광대가 사람들의 눈을 끌려는 특이한 모습을 하고 있다 해도 그런 것은 이미 사람들의 눈에 너무나 익숙하고 뻔한 것이었다. 그것이 그의 평안과 인기를 좌우했다.

그는 자신의 단식 능력을 과시하고 싶었고 사실 이미 과시했다. 그러나 그를 구원해줄 수 있는 일은 한 가지도 일어나지 않았고 사람들은 옆도 돌아보지 않고 지나쳤다. 시험 삼아 어떤 사람을 붙들어놓고 단식을 설명해보라지! 느끼지도 못하는 인간을 납득시킨다는 것은 무리다! 아름다웠던 선전문은 얼룩져 더는 글자가 보이지 않았다. 결국 누가 잡아당겨 몽땅 찢겨져 나갔지만 누구 하나 다시 갈아붙일 생각을 하는 사람은 없었다.

'며칠 간 단식합니다'라고 써 붙인 작은 숫자판도 처음에는 신경을 써서 매일 기록을 새로 했다. 그러나 언제부턴가 똑같은 것이 그대로 적혀 있었다. 처음 일주일이 지나자 숫자판의 기록을 담당한 단원이 꾀가 난 것이었다. 그리하여 단식 광대는 과거에 꿈꾸던 것과 같은 단식을 계속했고, 그때 예언했던 기록을 돌파했으나 누구 하나 그 날짜를 세는 사람은 없었다. 단식 광대 자신도 스스로의 기록이 얼마인지 모르고 있었다. 그의 심정은 괴롭기 이를 데 없었다.

마침 그 무렵, 한 구경꾼이 지나다가 그 오래된 숫자를 비웃으며 이것은 사기꾼들의 엉터리 숫자라고 욕지거리를 퍼부은 적이 있었다. 그의 험담에 의하면 이 숫자는 사람들의 무관심을 이용한 질 나쁜 허위 숫자라는 것이었다. 단식 광대 자신은 사람들을 조금도 기만하지 않았다. 그는 정직하고 착실히 일하고 있었으나 세상 사람들이 그를 기만하고 그의 보수마저 탈취해간 셈이었다.

그러나 그런 후 오랜 세월이 흘러 그런 상태도 끝장이 났다. 한번은 감독이 단식 광대의 우리를 보고 왜 이렇게 쓸 만한 우리를 썩은 지푸라기로만 채워두고 쓰지 않느냐고 일꾼들에게 물었다. 아무도 그 이유를 아는 사람이 없었다. 결국 그중 한 사람이 곁에 있는 숫자판을 보고 단식 광대를 생각해냈다. 그 사람들은 막대기로 짚을 들춰보았다. 그러자 그 속에 단식 광대가 있었다.

"어허. 여전히 단식을 하고 있나? 도대체 그 단식은 언제 끝나는 건가?"

감독이 물었다.

"용서하십시오, 여러분."

단식 광대는 모기 소리로 말했다. 감독만이 그의 귀를 창살에 갖다댄 덕에 광대의 말을 들을 수 있었다.

"물론 용서하지. 용서하고 말고가 있나?"

그러면서 감독은 손가락을 자기 볼에 갖다대며 그곳에 있는 사람들에게 단식 광대의 모습을 보여주었다.

"저는 1년 내내 단식을 해서 여러분들을 놀라게 해주려 했습지요."

단식 광대가 말했다.

"하, 그야 우리도 놀랍다고 여기고 있는걸."

"하지만 놀라지 않는 게 좋습니다."

"그렇다면 놀라지 않기로 하지. 그런데 왜 놀라지 않는 편이 좋지?"

감독이 물었다.

"놀라면 나는 단식을 계속하지 않고는 못 배기지요. 다른 일은 난 못 하니까요."

광대가 말했다.

"자, 생각해보란 말야. 왜 다른 일은 못 하지?"

감독이 다시 물었다.

단식 광대는 조그마한 머리통을 들어올리더니 키스라도 하듯이 입술을 뾰족하게 하고 감독의 귀에다 갖다댔다. 마치 자기의 목소리가 조금도 새어나가지 않게 하기 위한 수단인 것 같았다. 그리고는 입을 열었다.

"나에겐 맛있다고 생각되는 음식이 없습지요. 맛있는 음식이 있다면 까짓거 사람들의 인기 같은 것을 얻으려 할 것 없이 당신이나 다른 사람들처럼 실컷 배불리 먹고 살아왔을 겁니다."

이 말이 단식 광대의 입에서 나온 최후의 말이었다. 그러나 흐려

진 광대의 눈동자에는 단식을 계속할 수 있다는 자부심과 확신의 빛이 어려 있었다.

"자, 저것을 치워라."

감독은 말했다.

단식 광대는 짚과 더불어 매장되었다. 그가 있던 우리에는 한 마리의 어린 표범이 들어왔다. 오랫동안 쓸쓸했던 이 우리 속을 표범은 빙빙 돌고 있었다. 이런 모습은 어떤 우둔한 인간에게라도 밝은 감정을 안겨주었다.

담당자들은 아무 생각 없이 표범이 좋아하는 음식을 착착 날라왔다. 표범은 자유조차도 그립지 않은 모양이었다. 벗겨서 가죽으로 쓰기엔 아까울 정도로 필요한 모든 것을 몸에 지닌 이 고귀한 육체는 자유까지도 몸에 지니고 다니는 것 같았다. 이빨에도 자유가 깃들어 있는 것 같았다. 삶에 대한 환희가 목구멍으로부터 강한 열기를 토하고 있어 그 강도는 보는 사람이 감히 쉽게 참지 못할 정도였다. 그러나 관중은 떼를 지어 우리를 둘러싸고 떠날 줄을 몰랐다.

시골 의사

나는 매우 난처한 처지였다. 곧 급히 여행을 떠나야 했던 것이다. 중환자가 10마일이나 떨어진 마을에서 나를 기다리고 있었다. 세찬 눈보라가 그 마을과 나 사이의 공간을 채웠다. 하기야 나에겐 마차가 한 대 있었다. 가볍고 바퀴가 크고 우리가 사는 시골길에 아주 안성맞춤인 마차였다.

털외투에 몸을 감싸고 손에는 의료 기구가 든 가방을 들고, 나는 벌써 여행 준비를 갖춘 채 뜰 가운데에 서 있었다. 그러나 말이 없었다. 그놈의 말이! 내 말은 지난밤에 이 추운 겨울 동안 너무 부려먹은 탓으로 죽고 만 것이다. 나의 하녀가 지금 말을 한 필 빌리려고 마을을 여기저기 쏘다니고 있다. 하지만 가망 없는 일임을 나는 알고 있다. 그런데도 갈수록 눈은 더욱더 내려 쌓였고 나는 꼼짝도 하지 못하고 하릴없이 서 있었다. 그때 대문께에 하녀가 나타났다. 혼자서 등불을 흔들고 있었다. 보나마나인 것이, 누가 지금 이런 길에 말을 내주겠는가? 나는 다시 한번 뜰 가장자리를 따라 거닐어보았다. 아무런 가능성도 발견할 수 없었다. 머리가 산란하고 마음이 번잡해져서 이미 여러 해 동안 쓰지 않은, 다 쓰러져가는 돼지우리의 문을 발길로 찼다. 문은 돌쩌귀에 걸린 채 타당타당 소리를 내며 여닫혔다. 말에서 나는 것 같은 습한 냄새가 물큰 코를 찔렀다. 침침한 우리 속에는 등불 하나가 끈에 매달린 채 이리저리 흔들리고 있었다. 나지막한 칸막이 속에 웅크리고 앉은 사나이가 커다랗고 푸른 눈을 반짝이며 얼굴을 드러냈다.

"말을 달아드릴깝쇼?"

네 발로 기어나오면서 그가 물었다. 나는 뭐라 말해야 할지 몰라 우리 속에 그저 또 무엇이 있는가 보려고 몸을 굽혔을 뿐이었다. 하녀는 내 옆에 서 있었다.

"자기 집에 무엇이 있는지도 모르시다니, 참!"

하녀가 이렇게 말하자 우리 둘은 씁쓸한 미소를 지었다.

"이려 쩌쩌. 이려 쩌쩌!"

이렇게 누군가가 소리쳤다. 그러자 힘차고 옆구리가 억센 두 마리의 말이 다리를 몸에 바짝 붙이고, 말쑥하게 생긴 머리는 낙타처럼 푹 숙인 채 빠듯한 문틈을 통해 몸통을 억지로 비틀며 빠져나왔다. 그러고 나서 그 말들은 김이 무럭무럭 나는 몸을 똑바로 세웠다. 늘씬한 발로 서 있는 몸매는 껑충해 보였다.

"저 사람을 도와줘."

나는 하녀를 향해 말했다. 그러자 고분고분한 하녀는 마부에게 마구를 갖다주려고 바삐 움직였다. 그러나 하녀가 그 사나이 옆에 가자마자 마부는 하녀를 덥썩 끌어안고 제 얼굴을 그 얼굴에 갖다 댔다. 하녀는 비명을 지르고 내게로 도망쳐왔다. 하녀의 볼에 두 줄의 잇자국이 붉게 새겨져 있었다.

"야, 이 개 같은 놈."

나는 미친 듯이 소리쳤다.

"너 이놈, 매를 맞고 싶으냐?"

그러나 나는 이내 그가 낯선 자임을 깨달았다. 그리고 어디서 왔는지는 모르나 다른 사람들은 모두 도움을 주기를 거절하는데 그 자만이 자발적으로 나를 도와주려 함을 깨달았다. 녀석은 내 생각을 알아챈 양, 나의 위협을 나쁘게 받아들이지 않고 여전히 말에 매달려 열심히 일했다. 그저 나를 한번 돌아다보았을 뿐이었다.

"타십시오."

그 녀석이 나에게 말했다. 어느 틈에 만반의 준비를 다해놓았던 것이다.

이렇듯 곱게 장식된 마차를 타본 적은 한 번도 없었음을 나도 인정하는 터였으므로 기꺼이 올라탔다.

"하지만 마차는 내가 몰겠네. 자넨 길을 모르니까."

내가 말했다.

"물론입죠."

녀석은 다시 말을 이었다.

"전 같이 가지 않겠습니다. 로자 옆에 남겠습니다."

"그건 안 돼요."

그놈의 말에 로자는 이렇게 소리치고는 피할 수 없는 자신의 운명에 대해서 정확하게 예감하면서 집 안으로 달려들어갔다. 나는 하녀가 지르는 문빗장이 삐걱거리는 소리와 자물쇠를 잠그는 소리도 들었다. 그리고 더욱이 하녀가 복도와 방마다 샅샅이 돌아다니며, 자기를 찾지 못하도록 등불이란 등불은 모조리 꺼버리는 것을 보았다.

"자넨 나하고 가야겠네. 그렇지 않으면 아무리 긴급하다 하더라도 출발하지 않겠네. 내가 가는 대가로 하녀를 헐값에 넘겨주고 싶은 생각은 없네."

내가 이렇게 말을 했으나 녀석은 "이려" 하고 소리치며 손뼉까지 쳤다. 그 순간 마차는 마치 물살에 휩쓸린 나무 조각처럼 저절로 굴러가기 시작했다. 그때 나는 등뒤에서 내 집 문이 마부의 습격으로 산산이 부서지는 소리를 들었다. 그러자 나의 귀와 눈은 오관을 자극하는 소음으로 금세 가득 차버렸다. 그러나 그런 소음은 눈 깜빡할 사이에 끝났다. 왜냐하면 뜰의 문이 열리자마자 직접 환자 집의 마당이 열리기라도 한 듯이 벌써 나는 환자의 집 문 앞에 와 있었기 때문이다. 눈은 어느덧 그쳤고 사방에서는 달빛이 고요했다. 환자의 양친이 집에서 바삐 달려나왔다. 그들 뒤엔 그의 누이가 따랐다. 그들은 나를 마차에서 거의 들어내다시피 했다. 당황한 그들의 이야기로는 아무것도 알아차릴 수가 없었다. 환자의 방 안 공기는 거의 숨이 막힐 지경이었다. 잘 관리되지 않은 난로에서 연기가 나고 있었다. 나는 창을 열어젖히고 싶었지만 우선 환자를 보자고 했다. 야위고 열도 없었으며 차갑지도 따스하지도 않았다. 공허한 두 눈을 하고 내의도 입지 않은 채 그 청년은 털이불 속에서 몸을 일으키더니 내 목에 매달려 귀에다 대고 소곤거리는 것이었다.

"선생님, 저를 죽게 해주세요."

이 말에 나는 두리번거렸다. 아무도 그 소리를 들은 사람은 없었다. 양친은 아무런 말도 없이 몸을 굽히고 나의 선고만을 기다리고 있었다. 그의 누이는 내 손가방을 올려놓을 수 있도록 의자를 하나 가져왔다. 나는 가방을 열고 기구를 뒤졌다. 청년은 나에게 자기의 당부를 잊지 않도록 하기 위해 연방 나를 손으로 더듬었다. 나는 핀셋을 하나 쥐고 그것을 촛불에 비쳐 검사를 하고는 다시 내려놓았다.

"그래! 그런 처지에 하느님은 고맙지 뭐냐! 없는 말을, 더욱이 급하답시고 두 마리나 보내주시고 과분하게도 마부까지 내려주셨으렷다!"

나는 중얼거렸다.

이때 다시금 로자 생각이 번뜩 떠올랐다. 어떻게 해야 하나? 어떻게 로자를 구한단 말인가? 어떻게 로자를 그놈의 마부 손아귀에서 구해낼 것인가? 로자에게서 10마일이나 떨어져 있고 마차 앞에는 다룰 수 없는 말들이 매어 있는데 말이다. 그놈의 말들은 어떻게 했는지는 몰라도 지금 창문을 통해 머리를 쑤셔넣고 가족들의 비명에도 까딱없이 환자를 들여다보고 있었다. 마구를 헐겁게 만든 모양이었다.

"곧 되돌아가야겠다."

나는 말들이 나보고 떠나자고 재촉하는 것이라고 생각했다. 그러나 더워서 내가 얼떨떨한 모양이라고 생각한 그의 누이가 나의 털외투를 벗기는 대로 나는 내버려두었다. 내 옆에 한 잔의 럼주도 놓여 있었고, 환자의 늙은 아버지는 나의 어깨를 두드렸다. 자기 집에서 귀하게 여기고 있는 그 술을 내놓음으로써 나에 대한 신뢰를 보이려는 것이다. 나는 머리를 저었다. 노인의 이 좁고 얕은 사고가 비위에 거슬렸기 때문에 나는 그것을 마시기를 거절했다. 그의 어머니는 침대 옆에 서서 나에게 오라고 손짓했다. 나는 말 한 마리가 천장을 향해 소리 높이 히힝거리는 동안 청년의 가슴에 내 머리를 댔다. 청년은 나의 젖은 콧수염 밑에서 부들부들 떨고 있었다. 내가 예상했던 대로였다. 청년은 건강했던 것이다. 걱정하는 어머니 때문에 커피를 너무 계속해서 마신 탓에 다소 혈색이 나빴지만 건강했으며 한번 밀어젖히면 침대에서 벗어날 수 있을 만큼 건강 상태가 양호했다. 나는 세계를 개선하는 사람은 아니므로 그를 그대로 눕혀두었다. 나는 이 지방에 임명되어 너무 지나치다 싶을 정도로 변두리인 곳에서까지 나의 의무를 다하고 있다. 급료는 박했으나 그럼에도 나는 인색하지 않았으며, 가난한 사람들도 기꺼이 도와주었다.

로자를 위한 걱정도 잊지 않고 해야 한다. 이렇게 생각해보니 청년의 죽고 싶다는 말은 옳고 타당했다. 나 역시 죽고 싶었다. 이 겨울에 나는 여기에서 무엇을 한단 말인가? 내 말은 죽어버렸다. 내게 자기의 말을 빌려주는 사람은 마을에 아무도 없다. 돼지우리에서 나는 말을 찾아내야 했다. 만일 우연히 그 말이 없었더라면 나는 돼지를 타고 와야 했을 것이다. 사정은 이러했다. 그래, 나는 가족에게 고개를 끄덕였다. 그들은 하나도 그 뜻을 모른다. 그리고 설사 그들이 그걸 알았다고 해봤자 그들은 곧이듣지 않을 것이다. 처방을 쓰기는 수월하다. 그러나 그들과 의사 소통을 한다는 것은 어려운 일이다. 그럼 이제 나의 방문도 끝났다. 나는 또다시 공연한 헛수고를 한 셈이다.

하기야 그런 일에는 나도 만성이 되어 있긴 했다. 나의 야간 비상종 덕분에 온 지방이 나를 괴롭히는 것이다. 그러나 이번에는 로자마저 희생시켜야 하다니. 여러 해 동안 나의 집에서 거의 아무런 주의도 듣지 않고 살아온 그 아름다운 처녀를. 이 희생은 너무나도 크다. 그러니까 일시적으로나마 내 머릿속에 헝클어진 착잡한 상념을 정리하지 않으면 안 된다. 정말이지 어떠한 선의로도 로자를 나에게 돌려줄 수 없는 이 가족들을 공격하지 않기 위해서……. 그러나 내가 손가방을 닫고 털외투를 향해 손을 내밀자 아버지는 손에 든 럼주 잔의 향기를 맡았고, 어머니는 분명히 나에게 실망해서 눈물을 글썽글썽하며 입술을 지그시 깨물었고, 누이는 진한 핏빛 손수건을 흔들었다. 도대체 이들은 무엇을 기대하고 있는 것일까? 이러한 상황에 처하게 된 나는 어느덧 이 청년이 틀림없이 앓고 있다는 것을 시인해줄 마음의 준비를 하고 있었다. 나는 그에게로 걸어갔다. 그는 나를 보면서 마치 내가 무슨 만병통치 수프라도 가져온 양 미소를 지었다. 허, 지금 두 마리 말들이 울고 있구나. 그 소음은 분명 하늘이 허락하는 소음인지라 나의 진찰을 용이하게 해줄 것이다.

드디어 나는 발견했다. 그렇다! 이 청년은 앓고 있는 것이다. 그의 오른편 허리 언저리에 손바닥만 한 크기의 상처가 입을 떡 벌리고 있었던 것이다. 장밋빛, 수없는 명암에 싸여 밑바닥은 어둡지만 가장자리로 갈수록 점점 밝아지고 부드러운 곡식의 알처럼 도돌도돌하고 여기저기 피가 맺혀 있으며 대낮의 광산처럼 그것은 열려 있었다. 멀리에서 보아하니 그러했다. 가까이에서 보니 더 선명하게 보였다. 누군들 그것을 신음 소리 없이 들여다볼 수 있겠는가? 굵기나 길이가 내 작은 손가락 만한 데다가 피가 튀어 분홍빛이 된 구더기들이 상처의 내부에 달라붙어서 흰 대가리로 빛을 찾아 꿈틀거리고 있었다. 가엾은 청년이여, 그대를 구할 수는 없구나. 내가 그대의 커다란 상처를 찾아낸 것이다. 그대 옆구리에 있는 이 꽃으로 인하여 그대는 죽을 것이다. 가족들은 행복하다. 그들은 내가 움직이고 있는 것을 보고 있다. 누이가 어머니에게 말한다. 어머니는 아버지에게, 아버지는 까치발을 딛고 팔을 뻗어 균형을 잡으면서 열린 문의 달빛을 뚫고 들어오는 몇몇 손님들에게 이야기한다.

"절 살려주시겠어요?"

청년은 자기의 상처 속에 서식하는 어떤 생명에 의해 압도되어 흐느끼며 이렇게 소곤거렸다. 내가 담당한 구역의 사람들은 이 꼴이다. 언제나 불가능한 일들을 의사에게서 바라는 것이다. 옛날의 믿음을 그들은 잃어버렸다. 목사는 집에 앉아서 미사복을 하나하나 갈기갈기 찢고 있는데 의사는 그의 면밀한 외과의의 손으로 만사를 달성하지 않으면 안 되는 것이다. 그래, 좋을 대로들 하라. 내가 자청해서 나선 적이라곤 없었다. 그대들이여, 나를 성스러운 목적을 위해 쓰라. 나 또한 내게 무슨 일이 일어나도 내 몸을 내맡길 터이니. 나와 같은 늙은 시골 의사가 무슨 더 나은 일을 하려 하겠는가? 나의 하녀까지 약탈당하고! 그런데 그들이 온다. 가족과 마을의 연장자들이. 그리고 나의 옷을 벗긴다. 선생을 선두로 한 학교 합창단이 집 앞에 서서 다음과 같은 가사의 극히 단조로운 노래를 부르고 있다.

> 놈의 옷을 벗겨라, 그러면 나으리니.
> 그래도 낫지 않으면, 놈을 죽여버려라!
> 놈은 의사일 뿐이니, 의사일 뿐이니.

그러고서 옷이 벗겨진 나는 손가락을 콧수염에 댄 채, 머리를 비스듬히 하고 조용히 사람들을 쳐다보았다. 나는 극히 침착했으며 온갖 일을 곰곰이 생각했다. 그것이 나에겐 전혀 도움이 되지 않았음에도 불구하고 그 자세를 유지했다. 왜냐하면 이윽고 그들이 나의 머리와 팔을 잡고 나를 침대로 들고 가려 하기 때문이다. 그들은 벽 쪽으로, 청년의 상처 옆에 바싹 나를 눕힌다. 그러고 나서 방에서 나가버린다. 문은 닫혔다. 노랫소리도 갑자기 잠잠해졌다. 구름이 달을 가린다. 따뜻한 시트가 나의 주위에 깔려 있다. 창문 틈으로 말머리들이 그림자처럼 흔들린다.

"알겠느냐?"

나의 귓속에다 대고 이야기하는 소리를 나는 듣는다.

"저는 당신을 별로 신뢰하지 않아요. 당신 또한 그 어느 곳엔가 내던져진 데 불과하죠. 제 발로 온 게 아니구요. 도와주는 대신 당신은 나의 죽음의 자리를 좁게 해주고 있군요. 당신 두 눈을 뽑아버렸으면 제일 좋겠어요."

"옳은 말일세. 그러나 그건 모욕일세. 난 의사가 아닌가? 날더러 어떻게 하란 말인가? 나로서는 그것이 그리 쉬운 일이 아님을 믿어주게."

나는 말한다.

"그따위 변명으로 나보고 만족하란 말인가요? 아! 틀림없이 그래야 하겠지요. 언제나 나는 만족하지 않으면 안 되는 사람이니까. 아름다운 상처를 가지고 나는 이 세상에 나왔죠. 그것이 태어나기 전에 내가 준비한 전부예요."

"젊은 친구여, 자네의 결점은 통찰력이 없다는 것일세. 이미 멀리, 그리고 널리 온갖 병실에 가본 일이 있는 내가 자네에게 말하는데, 자네의 상처는 그다지 위독하진 않다네. 도끼를 두 번 예각으로 찍어서 만들어진 상처일 뿐일세. 수많은 사람들이 옆구리를 내밀고 있으면서도 숲속에서 들려오는 도끼 소리를 듣지는 못하고 있지. 그런데 하물며 도끼가 자신에게 다가오는 소리를 들을 수 있겠나?"

"그게 사실인가요, 아니면 열에 들뜬 나를 속이려는 건가요?"

"그건 사실일세. 공의의 명예를 건 말이니 받아들이게."

그러자 그는 그 말을 받아들이고 조용해졌다. 그러나 이제 나 자신의 구원을 생각할 때가 왔다. 아직도 말들은 충성스럽게 제자리에 서 있다. 나는 옷과 털외투와 가방을 한꺼번에 재빠르게 움켜잡았다. 옷을 입느라고 지체하고 싶지 않았던 것이다. 말들은 여기에 올 때 그랬던 것처럼 서두르고 있었다. 말하자면 나는 이 침대에서 내 침대로 껑충 뛰어들 참이었다. 순순히 한 마리 말이 창에서 물러 갔다. 나는 짐보따리를 마차 속에다 던졌다. 털외투는 너무 멀리 날 아가서 소맷자락만이 못에 걸렸다. 좋다. 나는 말 위에 올라탔다. 가 죽띠는 축 늘어진 채, 두 마리의 말이 제대로 연결되지도 않은 상태 에서 마차가 비틀거리며 이끌려 왔다. 털외투는 맨 뒤에서 눈에 덮 여 있었다.

"이랴!" 하고 나는 소리쳤다. 하지만 말은 달리지 않았다. 우리는 흡사 노인네들처럼 천천히 눈 덮인 벌판을 갔다. 오랫동안 우리 뒤 편에서는 아이들이 새로운, 그러나 잘못된 가사의 노래를 부르는 소리가 대기를 울렸다.

기뻐하라, 그대들 병든 자여.
의사를 너희 침대 위에 눕혔나니!

결코 나는 이 모양으론 집에 갈 수가 없다. 나의 찬란한 의술은 사 라져버렸다. 후계자가 나의 자리를 넘본다. 그러나 아무런 소용이 없다. 왜냐하면 그가 나를 대행할 수는 없기 때문이다. 나의 집에서 는 그 구역질나는 마부가 미쳐 날뛰고 있다. 로자는 그의 제물이다. 나는 그것을 생각하지 않으려고 한다. 벌거숭이로 이 불행한 시대 에 몸을 내맡기고 현세의 마차와 현세의 것이 아닌 말을 몰고, 이 늙 은 나는 빙빙 돌고 있을 뿐이다. 나의 털외투는 마차 뒤에 매달려 있 다. 그러나 그것에 손이 미치지 않는다. 환자 주위의 불한당 중에서 움직일 수 있는 그 어떤 놈도 손가락 하나 까딱하려고 하지 않는다.

속았구나! 속았구나! 한번 야간 비상종이 잘못 울린 것을 따랐더니 결코 다시는 돌이킬 수가 없구나.

판결

어느 아름다운 봄날, 일요일 오전이다. 젊은 상인 게오르크 벤데만은 강가를 따라서 길게 그리고 나직하고 아담하게 늘어서 있는 주택들 중의 한 집, 2층에 있는 자기 거실에 앉아 있었다. 그 주택들은 높이와 색깔만 겨우 조금씩 다를 뿐이었다. 외국에 나가 있는 어떤 젊은 친구에게 보내는 편지를 막 써놓고 그는 장난이라도 하듯 천천히 그것을 봉했다. 그러고 나서 책상에 팔꿈치를 괴고 창문을 통해 강과 다리 그리고 맞은편에 보이는 파랗게 물든 언덕을 바라보았다.

집안 살림에 불만을 품고, 몇 해 전 러시아로 떠나버린 친구를 그는 생각하고 있었다. 그 친구는 페테르부르크에서 어떤 사업을 경영했는데 처음에는 그런 대로 잘되었던 모양이다. 그러나 몇 년 전부터 그의 귀향은 점차 뜸해졌고, 고향에 찾아올 때마다 고충을 늘어놓는 것으로 보아 이미 사업이 기울었음이 분명해 보였다. 그는 결국 쓸데없이 이역에서 등골 빠지게 일만 한 것이다. 어린 시절부터 낯익은 그 얼굴은 수염만 꺼칠하고 안색이 누런 것이 무슨 병에라도 걸려 있는 것 같았다. 그의 말을 들으면 그는 동향인 그 지방 독일 주민들과도 이렇다 할 아무런 연락도 없는 것 같았다.

그렇다고 해서 토착민 가족들과 접촉이 잦았던 것도 아니었던 그는 결정적인 독신 생활을 하고 있었다. 확실히 길을 잘못 든 사람이었다. 누구나 다 동정은 하면서도 도와줄 수는 없는 친구였다. 그렇다면 이런 사람에게 도대체 무엇 때문에 편지를 쓰려고 하겠는가? 모르긴 하지만 고향으로 돌아와 살림을 옮기고, 옛 친구들과의 관계를 다시 회복하고—그러는 데는 실제 아무런 장애도 없었지만—또한 친구들의 도움을 믿어보라고 그에게 충고해주어야 할는지도 모른다.

그러나 그것이 무슨 의미가 있을까. 위해줄수록 기분을 해칠 뿐이요, 동시에 그렇게 위한다는 것은 결국 지금까지의 너의 노력이 수포로 돌아갔으니, 그런 노력일랑 그만 집어치우고 이제 집으로 돌아와라, 이역에서 돌아온 사람으로서 모든 사람들의 눈총을 받지 않을 수 없겠지만 그래도 친구들만은 너를 어느 정도 이해할 것이 아니겠느냐, 너는 고향에 남아 있으면서 성공한 친구들이 하라는 대로 따르지 않으면 안 될, 나이 먹은 어린애에 불과하다 하고 그에게 말해주는 것과 다름없다.

대체 그를 괴롭히는 그러한 모든 고민은 도대체 무엇이었을까? 모르긴 하지만 그를 고향으로 데려올 수는 없었다—그 자신도 이미 고향의 모든 사정을 전혀 이해하지 못한다고 말하지 않았던 가—따라서 그는 무슨 일이 있어도 그냥 이역에 남아 있을 것이다. 하지만 그 후 친구들의 충고로 인해 기분이 상한 그는 친구들과의 사이도 좀 더 멀어졌다.

그러나 그가 정말 그런 충고에 따라 이곳에 돌아오는 경우를 가정해보자—물론 제 마음이 내켜서 오는 것은 아니겠고 여러 가지 사정 때문에 혹시 올 수도 있는 일이지만—그래서 오게 된다 해도 기가 죽은 채 친구들 사이에서도, 혼자 있을 때도 마음이 편치 못하다면, 또한 수치심에 괴로워하다가 이제는 고향도 친구도 사실상 없는 것이나 마찬가지라고 느끼게 된다면, 차라리 이역에 그냥 머물러 있는 편이 그를 위해서 좋지 않을까? 이런 사정을 생각할 때 정말 그가 이곳에 있는 것이 외국에 있는 것보다 나아질 것이라고 장담할 수는 없는 일이다.

이러한 여러 가지 이유 때문에 무엇보다 편지 왕래를 할 때, 멀리 떠나 있는 다른 친구라면 기탄없이 전할 수 있는 일이라도 그에게 만은 좀처럼 사실대로 전할 수가 없었다. 그 친구는 벌써 3년 넘게 고향에 돌아오지 않고 있었다. 러시아의 정국이 불안해서 그렇다며 그는 매우 난처한 빛을 보였다. 한편에서는 수많은 러시아인들이 마음놓고 세계를 돌아다녔지만 소규모 장사꾼은 잠시라도 집을 떠나는 게 허용되지 않는다는 것이었다.

그러나 3년이란 세월 동안 게오르크의 집안에는 큰 변화가 일어났다. 2년 전에 어머니가 돌아가시고, 그 후부터 게오르크가 늙은 아버지를 모시고 같이 살아가고 있다는 사실은 그 친구도 잘 아는 터였다. 어느 편지에서 그 친구는 무뚝뚝한 말로 어머니의 상에 대한 조의를 표한 일도 있었다. 이역 땅에 있으면서도 그러한 사건에 대해서 슬픔을 느낀다는 것은 좀처럼 상상할 수도 없는 일이라고나 할까. 그래서 그렇게 무뚝뚝한 말투였는지도 모른다.

게오르크는 다른 일에서도 그랬지만 그때부터 단단히 결심을 하고 자기 사업을 경영하고 있었다. 어머니가 살아 있을 때는 사업을 하는 데 있어서 아버지가 너무 자기 의견만 고집했기 때문에 사실 게오르크 자신의 활동에 많은 방해가 되었다. 그러나 어머니가 세상을 떠난 후, 아버지는 장사 일을 돌보기는 했으나 여러 가지 면에서 손을 떼게 되었고 우연한 사건으로 많은 도움을 받게 되면서 사업이 2년 동안에 예상 외로 번창했다. 그래서 종업원도 배로 늘려야 했고 매상도 네다섯 배나 늘어 앞으로 더 나아질 것만은 의심할 여지가 없는 일이었다.

그러나 이 친구는 게오르크에게 일어난 이러한 변화를 조금도 알지 못하고 있었다. 훨씬 전 일이지만, 마지막으로 조의를 전해온 그 편지 가운데서 그는 게오르크에게 러시아로 이주하라고 말하면서, 페테르부르크에는 게오르크의 영업 분야를 고려할 때 반드시 성공할 가능성이 있는 여러 가지 희망이 보인다고 상세히 적어보낸 적이 있었다.

하지만 게오르크의 사업이 번창한 정도에 비하면 그런 숫자는 아무것도 아니었다.

그러나 게오르크는 자기가 사업에 성공했다는 이야기를 그 친구에게 적어 보내고 싶은 생각이 없었다. 그리고 그 후라도 그런 편지를 보냈더라면 정말 꼴이 이상하게 되었을는지도 모른다. 그래서 게오르크는 회상 속에 떠오르는 대수롭지 않은 사건만을 그에게 적어 보냈다.

그는 같은 고향 친구가 오랫동안 떠나 있으면서 고스란히 간직할 수 있었던, 고향에 대한 여러 가지 만족스런 생각을 교란시키고 싶지 않았다.

그래서 게오르크는 그 친구에게 어떤 평범한 남자가 이러저러한 처녀와 약혼한 사실을 오랜 기간을 두고 이따금씩 보낸 편지에서 벌써 세 번이나 적어 보낸 일이 있었다. 그때 게오르크는 미처 생각조차 못한 일이지만 친구는 그 색다른 사연에 대해서 흥미를 느끼기 시작했다.

그러나 게오르크는 자기 자신이 부유한 집안의 어떤 처녀, 프리다 브란덴펠트 양과 한 달 전에 약혼했다는 사연은 그 친구에게 전하지 않았다. 그런 부드러운 사건보다는 시원한 사건들을 그에게 알리는 편이 옳은 처사라고 생각했다. 가끔 게오르크는 자기 애인에게 자신이 이런 친구를 갖고 있다는 사실과 그 친구와 맺고 있는 특별한 서신 연락에 대해서 말해준 적이 있었다.

"그러니까 그는 우리 결혼식에 오지 못하겠군요. 나는 누구보다도 당신 친구들을 모두 알아두고 싶었는데요."

여자가 말했다.

"그 친구를 괴롭히고 싶지 않아. 내 말을 잘 들어봐. 그 친구는 틀림없이 올 거야. 적어도 나는 그것을 믿고 있지. 하지만 그는 마음에 없는 길을 왔다가 기분을 망치고 아마 나를 원망하고 불만까지 느끼며, 그 불만을 풀지 못한 채 혼자 다시 돌아갈는지도 모르지. 혼자서. 무슨 말인지 알겠어?"

"네, 알겠어요. 그런데 그가 우리의 결혼 소식을 달리 알 수도 있지 않을까요?"

"물론 그렇게 되면 나도 막을 수 없는 일이지만 그 친구의 사는 방식으로 보아 그런 일은 있을 수 없을 거야."

"게오르크 씨, 그런 사람이 당신의 친구라면 아예 약혼도 하지 말걸 그랬어요."

"그래, 그건 우리 두 사람의 책임이지. 하지만 나는 지금 마음을 돌릴 생각은 없어."

다음 순간 그녀가 그의 키스를 받으며 숨가쁘게 말했다,

"그래도 마음이 상했어요."

그때, 그는 그 친구에게 모든 일을 다 적어 보내도 그것이 정말 그의 기분을 상하게 하리라고는 생각하지 않게 되었다.

"나는 이런 사람이야. 그러니까 그 친구는 나를 이런 인간으로 받아들이면 되지."

그는 혼잣말을 하더니 곧 이어서 이렇게 말했다.

"아마 그 친구와 지금처럼 친하게 지내는 사람은 나밖에 없을 거야."

그리고 그는 자기 친구에게 이 일요일 오전에 쓴 편지에서 이미 결정된 약혼 문제를 다음과 같이 알렸다.

나는 나의 가장 즐겁고 중요한 소식을 끝까지 알리지 않고 미루

어왔다네. 나는 프리다 브란덴펠트 양과 약혼했네. 부유한 가정의 딸이지. 자네가 떠난 다음 얼마 있다가 이곳으로 이사를 온 까닭에 자넨 아마 모를 거야. 내 약혼자에 대해서는 앞으로 자세한 것을 알릴 기회가 있을 테지. 나는 물론 행복하지만 자네도 친구로서, 보다 행복한 친구인 나와 우정 관계를 가진 것으로 만족할 줄로 아네. 자네에게 진심으로 안부를 전하게 될 나의 약혼자는 자네의 참다운 친구가 될걸세. 앞으로는 자네에게 직접 편지도 쓰겠지만, 하여튼 이러한 일이 미혼자에게는 무엇보다도 의미 있는 일이 아닐 수 없지. 자네가 여러 가지 일 때문에 우리를 찾아주지 못한다는 것을 알고 있지만 내 결혼식이야말로 만사를 제쳐놓고 우리를 방문할 수 있는 좋은 기회가 아닐까? 그러나 너무 부담 갖지 말고 그저 자네 좋을 대로 태도를 정해주게.

이 편지를 손에 들고 게오르크는 창문 쪽으로 얼굴을 돌리고 오랫동안 책상 앞에 앉아 있었다. 골목길을 나와 지나가면서 그에게 인사를 하는 어떤 친지를 보고도 그는 답례의 미소를 지을 여유조차 없이 멍하니 앉아 있었다.

나중에 그는 편지를 주머니에 넣고 방에서 나와 복도를 가로질러 몇 달 동안이나 들어간 일이 없었던 아버지 방으로 들어갔다. 전에는 그럴 필요가 없었다. 그도 그럴 것이 아버지와는 언제나 상점에서 만났고 점심 식사도 식당에서 같이 했으며, 저녁이 되면 제각기 마음 내키는 대로 행동하기는 했지만 언제나 그랬던 것처럼 게오르크가 친구들과 어울리거나 자기 약혼자를 방문하지 않을 때면 그들은 잠시라도 제각기 신문을 들고 거실에 앉아 있었기 때문이다.

오전의 맑은 날씨인데도 아버지의 방이 너무 컴컴한 것을 보고 게오르크는 새삼스럽게 놀랐다. 좁다란 뜰 저쪽에 우뚝 서 있는 높은 울타리가 그처럼 그림자를 던지고 있었다.

아버지는 돌아가신 어머니를 기념하기 위해서 여러 가지로 장식해놓은 그 방 한쪽 구석 창가에 앉아서 신문을 읽고 있었다. 아버지는 신문을 눈앞에 비스듬히 들고 약한 시력을 조절하려고 애쓰고 있었다. 식탁 위에는 아침에 먹다 남은 것들이 놓여 있었는데 그것으로 보아 그리 많이 드신 것 같지는 않았다.

"아, 게오르크!"

아버지는 이렇게 말하며 곧 그를 맞아주었다. 아버지의 묵직한 잠옷이 발을 옮길 때마다 펄럭이며 그의 몸에 감겼다.

"아버지는 아직 건강하신걸……."

게오르크는 혼잣말처럼 중얼거렸다.

"여기는 몹시 컴컴한데요."

게오르크가 말했다.

"그래, 너무 컴컴한 것 같아."

아버지가 대답하셨다.

"창문까지 닫아놓으셨어요?"

"닫고 있는 것이 좋구나."

"밖은 매우 따뜻한데요."

게오르크는 먼저 한 말을 계속하는 것처럼 말하고, 자리에 앉았다.

아버지는 아침 식기를 치우고 그것을 상자 위에 놓았다.

"실은 저…… 말씀드릴 게 있어서……."

그는 노인의 동정을 무심코 살피면서 이야기를 계속했다.

"페테르부르크에 제가 약혼한 소식을 알릴까 하는데요."

그는 편지를 반쯤 주머니에서 꺼냈다가 다시 넣었다.

"페테르부르크에?"

"실은 저의 친구에게……."

게오르크는 이렇게 말하고 아버지의 눈치를 다시 살폈다. 그는 지금 여기 편히 앉아서 팔짱을 끼고 있는 아버지의 모습이 상점에서의 모습과는 웬지 다르다고 느꼈다.

"그래, 네 친구한테라?"

아버지는 이야기에 힘을 주면서 말했다.

"아버지도 아시다시피 처음에는 저의 약혼을 그에게 알리고 싶지 않았어요. 별다른 이유는 없었지만 좀 더 두고 보려고 했어요. 아시다시피 그 친구는 좀 까다로운 사람입니다. 저는 이렇게 생각했어요. 그의 고독한 생활 태도로 보아서 확실하지는 않아도, 그가 제 약혼 소식을 다른 데서 알게 될지도 모른다고. 제가 그것까지 막을 수는 없는 일이지요. 하지만 그런 소식을 제 스스로 전하고 싶지는 않았어요."

"그러면 지금은 달리 생각한다는 말이냐?"

아버지는 이렇게 묻고 펼친 신문을 그대로 창턱에 놓고 신문 위에 안경을 벗어놓더니 한 손으로 그 안경을 만졌다.

"네, 그 문제를 다시 충분히 생각해봤지요. 만약 그가 저의 친한 친구라면 저의 행복한 약혼은 그에게도 역시 기쁜 일이 아니겠어요? 그래서 저는 그 친구에게 알리는 것을 더는 주저하지 않겠습니다. 어쨌든 편지를 부치기 전에 아버님에게 그 사실을 말씀드리려고……."

"게오르크!"

아버지는 이가 다 빠진 입을 크게 열면서 이렇게 말했다.

"좀 들어봐라! 네가 그 문제를 나하고 상의하려고 왔다니 너의 그런 성의는 고맙다. 그러나 네가 이 자리에서 사실을 다 털어놓고 말하지 않으면 아무것도 아니다. 아니, 그렇지 않으면 나는 도리어 불쾌하다. 이 문제와 관계없는 일들은 꺼내고 싶지도 않다. 인정 많은 너의 어머니가 세상을 떠난 다음 몇 가지 불미스러운 일이 있었지. 아마 그러한 일들을 말할 때가 올 것이다. 우리가 생각하는 것보다 더 빨리 다가올지도 모른다. 사업을 하면서도 나는 여러 가지 일에 실망을 느꼈다. 네가 숨기는 게 있지는 않겠지. 이제 와서 비밀이 있을 거라는 생각은 하고 싶지도 않다. 이미 나는 기력도 없거니와 기억력도 쇠퇴했고 여러 가지 일을 보살필 힘도 없다. 첫째, 그것은 자연의 순리요, 둘째는 어머니가 세상을 떠난 탓으로 나는 너보다도 훨씬 더 생기를 잃었다. 그러나 부탁인데 게오르크, 나를 속이지 마라. 그런 것쯤은 사소하고 대단치 않은 일이니까 나를 속이려고 하지 말아라. 정말 페테르부르크에 친구가 있느냐?"

게오르크는 당황해서 자리에서 일어났다.

"친구들이 있으면 뭣합니까? 제게 제아무리 많은 친구가 있다 해도 아버지를 대신할 수는 없을 겁니다. 저의 진심을 아시겠어요? 아버지는 너무나 몸을 소홀히 하고 계세요. 그러나 연륜은 당연히 여러 가지 권리를 요구하게 됩니다. 사업을 하는 데에서도 저에게 아버지는 없어선 안 될 분이라는 것을 아버님께서도 잘 아실 테지요. 그러나 사업 때문에 아버지의 건강을 해치게 된다면, 저는 내일이라도 영원히 그 사업을 치워버리겠습니다. 만일 그렇게 되면 우리는 아버지를 위해서 다른 생활 방도를 택해야만 할 것입니다. 아버지는 이 컴컴한 방 안에 앉아 계시기를 즐겨하시는 모양이지만 안방에 가시면 아름다운 햇빛도 받으실 수 있습니다. 아침을 그렇게 적게 드시고서야 어떻게 원기를 얻으시겠습니까? 닫혀 있는 창문 옆에 앉아 계시지만 말고 바람을 쏘이시는 게 건강에 좋으실 겁니다. 아닙니다, 아버지! 제가 의사를 부르겠습니다. 그래서 의사의 처방에 따르겠습니다. 아버지가 안방을 쓰시고 제가 이리로 오는 게 좋겠습니다. 그렇다고 아버지에게 어떤 변화가 일어나는 것은 아니에요. 모든 것을 고스란히 옮겨놓겠어요. 그런데 무슨 일이든지 때가 있으니까, 지금 아버지는 좀 더 침대에 누워 계세요. 절대 안정이 필요하니까요. 이리 오세요. 옷을 벗겨드리지요. 제가 그만한 일쯤은 할 수 있다는 것을 아실 겁니다. 아니면 곧 안방으로 가서 우선 제 침대에 누우시는 게 좋겠군요."

게오르크는 아버지 바로 옆에 서 있었다. 아버지는 머리카락이 흐트러진 머리를 숙이고 있었다.

"게오르크."

아버지는 꼼짝도 하지 않은 채 나직이 말했다. 게오르크는 곧 아버지 옆에 무릎을 꿇었다. 그는 아버지의 피로에 지친 얼굴에서 자기를 노려보는 커다란 두 눈동자를 보았다.

"페테르부르크에 무슨 친구가 있어. 너는 언제나 나에게 장난을 치려 하고 있구나. 어떻게 그런 곳에 친구가 생겼어? 나는 믿을 수가 없구나."

"좀, 생각해보세요, 아버지."

게오르크는 이렇게 말하며 아버지를 의자에서 일으키고 나서 원기 없이 그 자리에 서 계시는 아버지의 잠옷을 벗겨드렸다.

"머지않아 3년이 되는군요. 그 친구가 우리 집에 처음 찾아왔던지가. 아직도 기억이 새롭습니다만, 아버지는 그를 유난히 싫어하시는 눈치였어요. 그가 바로 제 방에 앉아 있을 때 두 번씩이나 저는 아버지한테 그가 없다고 말했습니다. 아버지는 정말 그를 싫어하시는 것을 역력히 나타내셨지요. 그 친구 또한 독특한 데가 있었지요. 그러나 나중에 아버지는 그와 매우 정답게 이야기를 나누셨습니다. 저는 그때 아버지가 그의 이야기에 귀기울이고 머리를 끄덕이며 물어보기도 하시는 것을 보고 만족했지요. 생각해보면 기억이 나실 겁니다. 그때 그는 러시아 혁명에 관한 믿어지지 않는 이야기를 털어놓기 시작했습니다. 예를 들면 그가 장사 일로 폭동이 일어난 키예프에 갔을 때 어떤 발코니 위에 목사가 서서 널따랗게 피어런 십자가를 새긴 자기 손을 높이 들고 대중을 향해 외치고 있었다는 이야기였지요. 사실은 아버지께서도 그 후 이런 이야기를 가끔 되풀이하신 적이 있었습니다."

그 동안 게오르크는 아버지를 다시 자리에 앉히고 아버지의 내의를 양말과 함께 조심조심 벗길 수 있었다. 더러운 내의를 보았을 때 그는 비로소 아버지를 너무나 소홀히 대했구나 하고 자책했다.

아버지에게 내의를 갈아입게 하는 것은 확실히 그의 의무였다. 그는 자기의 약혼자와 어떻게 하면 아버지의 여생을 편히 보살펴드릴 수 있을까 하는 것을 구체적으로 의논한 적이 없었다. 그들은 무의식적이긴 했지만 아버지는 혼자 낡은 집에 머물게 되리라고 생각했던 것이다. 하지만 그때 잠시 그는 앞으로 새살림을 하게 되면 아버지를 모셔야겠다고 단단히 결심을 했다. 아버지에게 베풀어야 할 간호는 너무나 늦은 감이 있었다. 그는 아버지를 안아 침대로 옮겨가기 위해 두서너 걸음 걸어가면서 아버지가 자기 가슴에 늘어진 시곗줄을 만지며 노는 것을 알았을 때 몸서리나는 공포감을 느꼈다. 아버지가 시곗줄을 꼭 붙잡고 있었으므로 그는 아버지를 빨리 침대에 눕힐 수가 없었다. 그러나 침대 위에 눕히자 아버지는 적이 안심하는 것 같았다. 아버지는 이불을 덮더니 구태여 어깨까지 이불을 끌어당겼다. 그는 악의 없는 눈길을 게오르크에게 보냈다.

"이제 그 친구 생각이 나십니까?"

게오르크는 이렇게 말하고 이불로 아버지의 몸을 좀 더 잘 감싸주었다.

"잘 덮었느냐?"

아버지는 마치 발이 충분히 덮였는지 살펴볼 수 없기라도 한 것처럼 물었다.

"침대에 누우시니까 편안하시지요?"

게오르크는 이불을 더 잘 여며주었다.

"잘 덮었느냐?"

아버지는 다시 한번 이렇게 묻더니 특별히 그 대답에 대해서 신경을 쓰는 것 같았다.

"염려 마세요. 잘 덮었으니까요."

"아니야!"

아버지는 이렇게 외쳤다. 그 대답이 물어보는 의도에 거슬리는 듯 단번에 이부자리를 걷어차버려 갑자기 이불이 모두 벗겨졌고, 아버지는 침대 위에 똑바로 일어서 한 손으로 가볍게 천장을 붙들고 있었다.

"나를 이불로 덮어씌우려는 거지? 다 알고 있어, 이 버릇없는 놈! 하지만 쉽지는 않을걸! 이것이 나의 마지막 힘일는지 모르지만 너를 상대하기엔 충분하다. 나는 네 친구를 잘 알고 있어. 그가 내 마음에 드는 자식일는지도 모르지. 그래서 너는 몇 년 동안이나 쭉 그를 속여왔어. 그 외에 무슨 이유가 있어? 말해봐! 내가 그를 위해서 지금까지 눈물을 흘린 일이 없다고 너는 생각하지? 너는 사무실에 처박히고 아무도 너를 방해할 사람은 없다. 아무도 못 들어가지, 사장은 집무 중이라. 그리고 너는 러시아로 허위 편지를 쓸 수 있었단 말이야. 그럼에도 다행히 아비에게 아들의 정체를 알 수 있도록 가르쳐준 사람은 없었다. 너는 이제 아비를 완전히 정복했다고 생각하겠지. 정복하다 못해 엉덩이로 아비를 깔고 뭉개서 꼼짝도 할 수 없게 해놓았다고 생각하고서 이제 너는 결혼할 결심을 했단 말이지!"

게오르크는 아버지의 놀라운 표정을 쳐다보았다. 아버지가 뜻밖에도 그렇게 잘 알고 있다고 말한 페테르부르크의 친구가 그의 마음을 사로잡고 흔들었다. 게오르크는 그 친구가 넓은 러시아 땅에서 배회하는 것을 보는 듯했다. 빼앗기고 만 텅 빈 상점 문 옆에 서 있는 친구의 모습이 눈에 보였다. 다 부서진 진열장과 찢겨 나간 상품 틈에 매달린 가스등 아래에 그는 그냥 그대로 서 있었다. 그는 무엇 때문에 그렇게 먼 길을 떠나야만 했을까?

"그런데 나 좀 봐!"

아버지는 이렇게 외쳤다. 게오르크는 모든 일을 알아보기 위해서 허둥지둥 침대로 달려가다가 그만 도중에서 발걸음을 멈추었다.

"그년이 언제나 치맛자락을 들어올린 탓이지."

아버지는 나직이 말하기 시작했다.

"그년이 치맛자락을 들어올린 까닭이야, 빌어먹을 년!"

그러면서 그는 그런 시늉을 하기 위해 전쟁 중에 입은 허벅다리의 상처가 보일 만큼 높이 자기의 잠옷을 들어올렸다.

"그년이 치맛자락을 이렇게 높이 추켜 올린 탓에 너는 그년을 가까이 하게 되었고, 마음놓고 그년과 즐기기 위해서 네 어미에 대한 추억을 더럽히고 친구를 배반하고 꼼짝할 수 없도록 아비를 이 침대에 처박아놓은 거야. 하지만 내가 몸을 움직일 수 없나 어디 두고 보자!"

그러면서 그는 완전히 자유스러운 몸으로 두 다리를 쭉 폈다. 아버지는 모든 일을 다 알아차렸다는 눈치였다.

게오르크는 될 수 있는 대로 아버지로부터 멀리 떨어져, 방 한쪽 구석에 서 있었다. 벌써 한참 전에 그는 우회 전술을 쓰면서 뒤에서든 위에서든 어떤 기습을 당하지 않도록 모든 일을 빈틈없이 정확하게 살피려고 결심했다. 지금 그는 이미 다 잊어버렸던 이 결심을 다시 상기했으나 짧은 실오라기를 바늘귀에 꿰듯이 곧 잊어버렸다.

"그러나 그 친구는 이제 결코 배반당하지 않는다."

아버지는 이렇게 외쳤다. 그리고 그의 둘째손가락을 이리저리 흔들면서 그 말을 강조했다.

"나는 그를 대신해서 이 자리에 와 있다."

아버지가 말했다.

"희극 배우시네요!"

게오르크는 이렇게 외쳤으나 곧 자신의 불리한 점을 깨닫고 두 눈을 부릅뜨고 자신의 혓바닥을 깨물었다. 너무나 아파서 그는 허리를 굽혔지만 이미 너무 늦은 감이 있었다.

"그래, 물론 나는 이제껏 희극을 연출했다! 그렇지, 희극! 좋은 말이다. 다 늙고 홀아비가 된 이 아비가 다른 무슨 낙을 바라겠느냐? 말해봐! 대답하는 순간만이라도 너는 그래도 살아 있는 내 아들 노릇을 해봐라. 내 골방에서 의리도 모르는 고용인들에게 시달리면서 골수까지 늙어빠진 나한테 남은 것이 무어냐? 그런데 내 아들놈은 거들먹거리면서 세상을 두루 돌아다니며 내가 마련해놓은 모든 상점을 폐업하고 환락에 넘쳐서 날뛰다가도 제 아비 앞에서는 정직한 사람처럼 엄숙한 얼굴로 돌아왔다. 너는 너에게 배반당한 내가 너를 사랑하지 않았다고 생각하느냐?"

기운이 없어져 쓰러지면 허리를 굽히겠지. 게오르크는 이렇게 생각했다. 아버지는 허리를 굽혔으나 쓰러지지는 않았다. 그가 예측했던 대로 게오르크가 가까이 왔을 때 그는 다시 몸을 일으켰다.

"그 자리에 있거라! 나는 너 같은 놈은 필요 없다. 너는 아직 내게 가까이 와 거들어줄 힘이 있다고 생각하겠지만 그런 생각만으로 거기 주춤하고 서 있을 뿐이다. 착각하지 말아라! 나는 아직도 매우 건강하다. 어쩌면 나는 벌써 이 세상을 떠났어야 했는지도 모른다. 그런데 보다시피 네 어미가 자기 힘을 고스란히 나에게 남겨준 덕에 나는 네 친구와도 버젓이 얽히면서 네 정보를 이 주머니 속에 갖고 있다."

"잠옷에도 주머니가 있구나."

게오르크는 혼잣말로 이렇게 중얼거리면서 이런 말을 하면 나는 온 세상의 부친들을 중상하는 셈이 되겠지 하고 생각했다. 잠시 그는 중상의 방법을 생각했지만 곧 모든 일을 다 잊어버렸다.

"너의 약혼자를 달고 내 앞에 나타나만 봐라! 그년을 싹 쓸어내고 말 테니까. 내가 어떻게 할지 너는 모를 거다!"

게오르크는 그런 말을 믿을 수 없다는 듯이 얼굴을 찌푸렸다. 아버지는 자기가 한 말이 거짓이 아님을 다짐이라도 하듯 게오르크가 서 있는 구석을 바라보며 머리를 끄덕였다.

"오늘 네가 와서 너의 친구에게 약혼에 관한 편지를 쓰는 것이 어떠냐고 물었을 때, 사실 나는 반가웠다. 하지만 그는 이미 모든 일을 다 알고 있다. 어리석은 자식아, 다 알고 있단 말이다! 사실은 네가 내 필기 도구를 치워버리는 것을 잊어버렸던 까닭에 나는 그에게 편지를 보낼 수 있었어. 그래서 그는 이미 몇 년 동안이나 나타나지 않았지만 사실은 너 자신보다 너에 대해 몇백 배 더 잘 알고 있다. 그는 네 편지를 읽지도 않고 왼손으로 구겨버리지만 오른손은 내 편지를 읽기 위해 높이 들고 있어!"

그는 감격에 넘쳐서 자기 팔을 머리 위로 휘둘렀다.

"그는 모든 일을 천 배나 더 잘 알고 있어!"

아버지는 이렇게 외쳤다.

"만 배는 아니고요!"

게오르크는 아버지를 무시하듯이 이렇게 말했다. 그러나 그 말은 그의 입속에서 그만 소리가 잦아지고 말았다.

"벌써 몇 년 전부터 네가 그런 질문을 들고 오리라고 나는 예측했다. 너는 내가 다른 어떤 일을 염려하는 줄 아니? 내가 신문을 읽는 줄 알아? 자!"

이렇게 말하며 아버지는 게오르크에게 어쩌다가 침대 속으로 말려들어간 신문 한 장을 던졌다. 게오르크는 사실 이름조차 알 수 없는 낡은 신문이었다.

"네가 성숙해지기까지 참 오랜 세월이 걸렸다! 어머니는 즐거운 날을 보지 못하고 그만 세상을 떠나고 말았다. 친구는 지내는 러시아 땅에서 파멸하여 이미 3년 전에 모든 것을 포기하고 말았다. 그리고 내 형편은 네가 더 잘 알고 있다. 너도 그런 것쯤은 알아볼 수 있는 안목이 있겠지!"

"그러고 보니 아버지는 저를 엿보아왔군요!"

게오르크가 외쳤다.

동정하듯이 아버지는 덧붙여 말했다.

"확실히 너는 그런 말을 더 일찍 했어야 했다. 이 마당에 그런 말은 당치도 않은 소리야."

그리고 좀 더 커다란 목소리로 말했다.

"그러니까 너 이외에 무엇이 있는지 이만하면 알겠지. 지금까지 너는 너밖에 몰랐다. 사실 너는 순진한 어린아이였지. 하지만 너는 더욱 엄밀한 의미에서 악마 같은 인간이었다는 것도 부정할 수 없다. 그러므로 나는 너에게 빠져 죽을 것을 선고한다!"

게오르크는 방에서 쫓겨나는 기분으로 나왔다. 그의 뒤에서 아버지가 침대 위로 졸도하여 쓰러지는 소리가 귓가에 들려왔다.

그는 마치 평탄하게 경사진 곳을 달리듯이 층계를 내달렸다. 계단 위에서 그는 뜻밖에도 거실을 치우기 위해 2층으로 올라오고 있던 하녀와 맞닥뜨렸다.

"어머나!"

하녀는 이렇게 외치며 앞치마로 얼굴을 가렸으나 그는 곧 그 자리에서 사라져버렸다. 그는 문밖으로 뛰어나와 차도를 넘어서 강가로 달렸다.

그는 마치 굶주린 자가 먹을 것을 붙잡듯이 난간을 꽉 움켜쥐었다. 그리고 그것을 뛰어넘었다. 어린 시절의 그는 양친의 자랑이었던 뛰어난 스포츠맨이었다. 그는 점점 기운이 빠져가는 두 손으로 난간에 매달려 난간의 철봉 사이로 버스가 지나가는 것을 보았다. 그가 물에 떨어지는 소리를 지워줄 것같이 달려가는 버스를 보면서, 그는 나직이 호소했다.

"사랑하는 부모님, 저는 그래도 언제나 당신들을 사랑했습니다."

그리고 그는 아래로 떨어졌다. 그때 다리 위에는 정말 끊임없이 차들이 오가고 있었다.

작품 해설

　프란츠 카프카(Franz Kafka)는 1883년 7월 3일 프라하의 유대인 상인의 아들로 태어나 독일어 교육을 받고 프라하의 카를대학교에서 법학박사 학위를 받았다. 1908년부터 프라하의 노동자 재해 보험국 법규과에 근무하면서 밤에는 창작에 몰두했다. 1917년에 폐결핵으로 휴직하고 각지로 요양을 다녔다. 1920년에 다시 복직했으나 병세가 악화되어 1924년 6월 3일 빈 교외의 요양원에서 마흔한 살을 일기로 세상을 떠났다. 외견상 극히 평범한 일생이었으나 내면적으로는 고뇌로 가득 찬 40년이었다.

　유대인으로 태어났으나 유대교도도 아니고 그렇다고 기독교인도 아니었으며, 독일어를 사용하지만 독일인도 아니고, 프라하에서 태어났으나 체코인도 아니었다. 또한 관청에 직을 가졌으나 순수한 관리도 아니었고 완전한 작가 생활도 하지 못했다. 시민 계급도 노동자 계급도 아닌 카프카는 아무 세계에도 소속되지 않은 이방인이었다.

이러한 이방인의 눈으로 바라본 세계와 인간의 모습이 그의 소설의 전부다. 어떻게 하면 세계에 소속할 수 있을까 하는 몸부림을 우리는 그의 소설 속에서 볼 수 있다.

존재한다는 것은 '거기에 있다'는 것만으로는 부족하며 참된 존재는 '그곳에 소속(gehören)해야 한다'는 것이 카프카의 생각이었다. 어떻게 세계의 테두리 안에 속할 것인가를 추구한 카프카의 주인공들은 모두 직업을 가지고 있다. 직업을 통해서 세계와 사회 생활에 소속한다고 믿었던 카프카는 문인 생활을 하지 않고, 전공한 법률 지식을 활용하는 공무원 생활을 했다.

한 사회에 속하는 길은 그 사회의 법률과 도덕을 이해하고 인정하는 것을 통해 가능해진다. 그러나 카프카 같은 이방인은 법률과 도덕을 모르는 법이다. 법률과 도덕은 세계 안에서 거주하는 한 자명한 약속이다. 그러나 이방인의 눈에 그것은 이해할 수 없는 규칙의 체계로밖에는 보이지 않는다. 따라서 이방인은 그 법률과 도덕을 이해하지 못하는 세계에 소속할 수밖에 없게 되고, 다만 존재의 제로 지대로 유형당하고 만다. 여기서 이방인은 자신에게 죄가 있는 것이 아닐까 의심하기 시작한다. 따라서 자기의 죄를 찾기 시작한다. 〈시골 의사〉에서 보는 것처럼 "아름다운 상처를 가지고 이 세상에 나왔다. 그것이 태어나기 전에 내가 준비한 전부다"라는 유대인 특유의 원죄 의식이 발생한다. 이 원죄 의식은 〈시골 의사〉뿐만 아니라 〈유형지에서〉 속에서도 찾아볼 수 있다. 평론가 노스럽 프라이는《비평의 분석》이라는 유명한 책에서〈유형지에서〉의 장교의 말 중 "죄는 명백합니다. 의심할 여지가 없습니다"라는 발언이 인간의 원죄 의식을 담았다고 논평하고 있다. 이러한 죄의식의 과잉을〈판결〉에서도 볼 수 있다.

현대의 많은 소설가들과는 달리 카프카는 확실한 직업에 충실하고 예속된 인간형을 그린다. 직업이야말로 현대 인간의 유일한 존재 형식이기 때문이다. 그의 작품에 등장하는 인물들은 모두 직업적 기능으로밖에는 묘사되지 않는다.

예컨대〈변신〉의 주인공 그레고르 잠자는 유능한 세일즈맨이며 한 가정의 경제적 기둥으로 등장한다. 어느 날 뒤숭숭한 잠에서 깨어난 그는 벌레로 변해버린 자신을 발견한다. 그는 선량한 아들이며 사회의 모범적인 시민이었다. 벌레로 변한 후에도 그는 "가족만 아니면 직장 같은 것은 집어치우겠는데⋯⋯" 하는 의무감과 자기의 자유에 대한 향수로 인해 고민한다. 그의 존재는 가정을 위한 것이며 사회를 위한 것이다. 즉 자기를 위한 자기가 아니라 타인을 위한 자기였다. 본래의 자기로부터 사회 기구와 관습에 얽매인 인간으로 타락해버린 것이다. 자기 자신의 본성을 포기한 그레고르는 세계 속의 모범적 시민이었다.

현대 사회의 법률과 도덕, 그리고 생활 양식은 자신의 본래성의 존재를 용납하지 않는다. 카프카의 다른 작품에서도 누차 되풀이되듯이, 현대 사회는 그 경제적 기구의 불가피한 귀결로 인해 인간을 '자기 소외'의 상태에 빠지도록 강요한다. 즉 인간은 사회라는 거대한 기계 속에 틀어박힌 하나의 톱니바퀴에 지나지 않으며, 그리하여 기능화되고 추상화되고 비인간화되고 말았다. 인간은 직업이라는 형태로 생명이 유지되는 일개의 유물적 기능에 지나지 않는 것이다.

예를 들어 아들의 변신이 있은 후 다시 일터를 찾아나간 그레고르의 아버지는 집에서조차 은행 사환의 제복을 절대로 벗지 않고 소파에서 제복을 입은 채 잠을 잔다. 금단추의 제복을 입었다기보다는 제복 속에 갇혀 있다는 표현이 더 잘 어울리는 이 보기 흉한 육신은 자기 소외된 현대인의 전형이다. 그것은 인간임이 허용되지 않는 모습이다. 그는 은행 사환 이외의 여하한 것도 될 수 없다. 직업이야말로 현대를 살아가는 인간의 유일한 존재 형식이라는 것, 이러한 부조리를 깨달은 그레고르는 벌레로 화한 것이고 결국 말살되고 마는 것이다.

존재하는 것은 단지 직업인뿐이다. 카프카는 인간의 본래성이 무엇이냐에 대한 해답은 구하지 않는다. 단지 직업인은 사회라는 기계가 명하는 대로 충실히 제 일만 하면 족하다. 〈유형지에서〉의 장교도 직업에 도취된 한 인간의 표본이다. 사형을 집행하는 처형 장치를 조정하는 것, 이것이 그의 직업이다. 그는 이 직업이 상실될 것을 두려워하고 이 기계가 없는 자기의 존재는 상상도 못 한다. 장교의 직업에 대한 애착은 그를 양심도 인간성도 없는 광인으로 만든다. 기계에 대한 집착은 가증스럽다기보다 서글프고 동정이 갈 정도이다.

이러한 직업에 대한 집착은 〈단식 광대〉에서도 볼 수 있다. 광대의 재주는 굶는 것밖에 없다. 철창 안에서 굶으면서 관중을 기다린다. 기록적으로 굶어서 관중을 놀래키겠다는 일념밖에 없다. 그러나 한때 있었던 관중은 사라지고 이제는 서커스단의 동물 우리 어귀에 놓인 철창 속에서 보는 사람도 없는데 혼자서 결백하게 굶고 있다. 사람들은 동물은 구경해도 이 단식 광대에겐 추호의 관심도 표명하지 않는다. 광대는 얼마나 굶었는지 모를 정도로 단식을 계속하다가 그만 단식 예술에 희생되는 순교자가 되고 만다. 직업이 생명보다 중요하다는 것을 입증한 카프카의 걸작 가운데 하나다.

이 〈단식 광대〉는 특히 우리의 생활 주변을 돌아볼 때 다가오는 점이 많다. 우리 주위에 단식 광대가 얼마나 많은가? 관객도 없는 연극을 적자를 내면서 무대에 올리고 오직 정열만으로 집착하는 연극인들, 독자 수보다 많은 시인들! 다른 직업을 갖지 않고는 살아갈 수 없는 그 많은 작가들, 그리고 수는 아주 적지만 간혹 눈에 띄는 결백한 학자들. 그들에게 갈채가 찾아올 것인가, 단식 광대처럼 사그라져 붕괴될 것인가?

구스타프 야노우흐는 《카프카와의 대화》에서 카프카의 외모와 취미, 그리고 문학하는 자세를 자세히 적고 있다.

그가 처음 카프카를 만난 것은 프라하의 재해 보험국 사무실에서였다. 카프카는 후리후리한 키에 올백으로 넘긴 검은 머리카락, 우뚝 솟은 코, 눈에 띄게 좁은 이마, 그 밑에 이상하게 잿빛이 감도는 초록색 눈동자를 지녔으며, 그 눈에는 씁쓸하면서도 달콤한 미소가 어려 있었다고 한다.

"햇빛, 공장, 집, 맞은편의 창들이 나를 방해합니다. 가장 심한 것이 햇빛입니다. 햇빛은 주의력을 빼앗아갑니다. 빛은 아마 마음의 어두움으로부터 나오나 봅니다. 빛이 인간을 압도한다는 것은 좋은 일입니다. 지긋지긋하게 잠 못 이루는 밤이 없다면 나는 전혀 글을 쓸 수 없을 것입니다. 그럴 때면 어두운 독방에 감금되어 있는 자신을 의식하게 됩니다."

카프카는 체코의 젊은 시인 야노우흐에게 이렇게 고백하고 있다. 이 외로운 방에서 카프카는 자기 보존을 위한 싸움의 형식으로서 글을 쓴 것이다.

카프카는 공무원 생활을 하면서도 그것에 절대로 만족할 수 없었다. 특이한 일은 시간이 나면 카프카는 가구를 만드는 일을 배우러 다녔다는 사실이다. 대패질한 나무 냄새, 톱 소리, 망치 소리에 그는 매혹당했다. 언제나 오후는 그렇게 지냈고 밤이 오면 그는 두려움을 느꼈다.

"순수하고 명백한, 그리고 누구에게나 유익한 수공업보다 더 아름다운 것은 없습니다. 가구를 만드는 일 외에 나는 이미 농사와 원예도 해보았습니다. 이런 일들은 관청에서의 강제 노동보다 훨씬 아름답고 유익한 것이었습니다. 관청에 근무하는 사람들은 훌륭한 것처럼 보이지만 그것은 한낱 겉모습에 지나지 않습니다. 실제는 보기보다 외롭고 불행한 사람들입니다. 지적 노동은 인간을 인간의 공동 사회에서 이탈시킵니다. 그와 반대로 수공업은 인간을 인간에게로 환원시킵니다. 내가 일터나 정원에서 일할 수 없게 된 것은 섭섭한 일입니다."

카프카는 자유로운 육체 노동을 동경했다. 한번은 직업도 없이 유랑하는 시인을 부러워하는 말을 한 적이 있었다.

"그는 직업은 없지만 천직만은 가지고 있었지요. 그는 아내와 아이들을 데리고 이 친구 집에서 저 친구 집으로 떠돌아다닙니다. 자유인이며 자유로운 시인입니다. 그의 곁에 있을 때면 나는 늘 관청 생활이 내 생활을 익사시키고 있다는 양심의 가책을 받습니다."

카프카는 자기를 위한 자기 생활을 그리워했다. 그러나 그는 엄한 아버지에게 효자 노릇을 해야 했다. 겉으로는 효자지만 내면으로는 자신은 가족 속에서도 타인임을 의식했다. 그는 밖에 나오나 집에 있으나 언제나 고독한 시인이었다.

"나는 한 마리의 까마귀입니다. 한 마리의 카프카(Kavka, 까마귀)인 것입니다. 데인호프에 있는 석탄 상인이 한 마리 가지고 있더군요. 그 카프카는 나보다 더 잘 지내고 있습니다. 물론 날개를 잘리긴 했습니다만……. 내 경우에는 날개를 잘릴 필요조차 없습니다. 내 날개는 퇴화되어 있으니까요. 나에게는 높이도 거리도 없습니다. 나는 어찌할 바를 몰라 인간들 사이를 뛰어다닐 뿐입니다. 인간들은 나를 미심쩍은 듯 응시합니다. 아무튼 나는 위험한 새요, 도둑이요, 까마귀입니다. 하지만 반짝이는 까만 날개를 가져본 적은 없습니다."

이렇게 말하는 카프카는 〈변신〉에서 자기 자신의 얘기를 한 것으로 보인다. 이 말은 가족들이 두려워하고 징그럽게 느끼고 의심스럽게 바라보는 그레고르의 말이기도 하다.

카프카는 생전의 한 친구에게 이렇게 말했다.

"그렇습니다. 인간은 절망적입니다. 인간은 쉴새없이 증대하는 군중 속에서 시시각각으로 점점 더 고독해지니까요."

숙명적으로 고독하게 태어난 유대인 카프카는 고독에 몸부림치며 40년을 살았다.

"그렇게까지 고독하십니까?"라는 야노우흐의 질문에 그는 고개를 끄덕였다.

"카스파르 하우저같이 말입니까?"

"카스파르 하우저보다 훨씬 더합니다. 나는 고독합니다. 프란츠 카프카처럼⋯⋯."

카프카는 자신의 고독이 아류의 고독이 아니라 자기류의 고독임을 말하고 있다.

카프카는 죽기 얼마 전 도라 디아만트라는 여자와 잠깐 동거 생활을 한 것 외에는 여자와 사랑한 적이 없었다. 그는 사랑은 늘 상처를 낸다고 믿었다. 그 상처는 본래 완쾌되지 않는 상처이다. 왜냐하면 사랑은 언제나 불결을 지니고 나타나기 때문이라는 것이다. 카프카는 이성 관계에 있어서도 〈단식 광대〉의 주인공처럼 결백 과잉증이었던 것 같다. 따라서 그의 생활의 고독은 해소될 길이 없었다.

카프카는 난해하다. 몇 줄 읽다가 집어치우기 좋은 작가이다. 그의 단편들은 거의 불가해한 정도이다.

이 난해성의 원인은 어디 있을까? 독자를 사색의 미로에 끌어넣고 소설의 이해를 곤란하게 하기도 하고 읽고 났을 때 불충분한 느낌을 안겨주는 난해성.

그 난해성의 원인은 독특한 상징적 표현과 집약된 풍자, 언뜻 보기에 무의미한 성격 묘사가 번거롭게 많은 데서 연유한다. 그러나 이런 상징과 풍자가 숨은 의의를 지니고 있음은 분명하다. 그의 단편 〈판결〉을 설명하면서 카프카는 보편성과 거리가 먼 독특한 상징적 표현도 이해할 수 있는 것이라고 은연중에 조언하고 있다.

그의 상징성을 이해하려면 사건이나 인물들에 대한 작가의 측정할 만한 증명 자료가 있어야 하는데 그것조차 없다.

이것이 카프카와 독자 사이의 간격을 넓혀놓는 원인이기도 하다. 이 점에서 옮긴이는 어느 정도 대담한 의역을 시도했다. 카프카는 원고를 불사르려고 할 만큼 그야말로 극도의 소외자가 되려 했지만, 이 책에서는 소외물이 되어서는 안 되기 때문이다.

카프카의 예술은 그의 번민하는 영혼의 거울이다. 공상적인 사건과 실제의 사건이 마구 엇갈리며 화면을 채운다. 그 공상과 실상의 혼합은 암흑의 연무와 신비의 아지랑이를 발산한다. 흉측스러운 환상, 수수께끼 같은 악몽, 그리고 유령들이 그의 작품을 채우고 있다. 그것들은 작가 자신의 소원의 발로이기도 하다. 그런 형태로라도 자신의 창작 의욕을 발산하지 않고는 못 배겼던 것이다. 그의 작품은 장편, 중편, 단편 할 것 없이 작가 자신의 저항, 인간의 저항으로 온통 채색되어 있다. 그의 전 작품은 형식에 있어서 자기 내부의 혼돈과 번잡함을 분해하여 노출한 데 지나지 않는다.

카프카의 테마는 프랑스 소설가 프루스트의 그것과 비교될 수 있다. 양자는 인간 영혼의 심연으로 돌진한다는 점에서 공통점을 지니고 있다. 프루스트는 인간의 내면을 극단적인 세목과 섬세한 요소로 분석하는 데 반해서 카프카는 인간 영혼의 비밀의 단층을 상징적으로 묘사하면서 영혼의 심부로 파고든다. 이 상징적 표현은 프루스트의 명쾌한 분석에 못지않게 인간 잠재 의식의 심연과 부조리를 강력히 설파한다. 카프카는 미지의 힘에 화를 입은 자기의 경험을 평범한 시야를 통해서 묘사한다. 그의 환상의 세계는 백일몽이나 피난처가 아니다.

아버지에게 자기의 비존재적 존재를 고백하지 않을 수 없어 고백했다가 혈육인 아버지의 입으로 사형 선고를 받은 게오르크 벤데만(〈판결〉의 주인공)의 경악은 독자를 전율케 한다.

카프카 자신도 그 단편은 무서운 소설이라고 고백한 적이 있다. 한 마리의 곤충으로 화한 그레고르의 경악에 우리가 전율을 느끼지 않을 수 없는 것과 마찬가지다.

이렇듯 카프카의 소설에 나오는 주인공들이 휩쓸려 들어간 인생이라는 울창한 숲은 우리에게 싸늘한 전율을 불러일으킨다. 그것은 스스로 영원성을 등지고 인간과 신에 의하여 소외된 카프카의 자의식적인 공포이다.

카프카는 자기가 동경하고 있는 대상에 형태를 부여하기 위해서 상징에 의존했다. 상징의 도움을 얻어 자기의 창작 활동이 직면한 곤경을 타개하려고 했고, 환상과 시적인 심상의 형태로 자기의 내적 경험을 이식하려 했다.

그 대부분의 심상은 몽롱하고 불분명하다. 상세히 관찰하려 하면 사라져버린다. 행위와의 연관성도 때로 애매하다. 따라서 독자들은 비현실적이고 기묘한 인상을 받게 된다. 한편 분명한 시적 심상은 많은 변화를 일으키며 되풀이된다. 이 심상은 많은 그의 작품 속에서 중요한 상황을 시사해준다. 철창 속에 들어 있는 단식 광대, 유형지의 사형틀 속에 들어간 장교, 소굴 속의 짐승, 동굴처럼 변한 자기 방에 앉아 있는 그레고르. 그들은 모두 어떤 의미에서는 죄수들이다.

카프카의 작품은 단편적인 미완의 형태로 남아 있다. 대부분 중간에서 중단되어, 결말을 맺은 장편이 없다. 다만 여기에 번역한 〈변신〉과 〈유형지에서〉, 〈판결〉, 〈단식 광대〉만이 종결이 있다. 그의 소품들은 순수한 창작이긴 하지만 독특한 수법으로 묘사된 사상과 마술적인 심상들이다. 〈시골 의사〉는 이에 속하는 대표적인 작품으로 완전 무결하게 조화된 예술 작품의 심상과 가장 쉽게 일치하는 작품이다.

〈시골 의사〉를 읽고 나면 어떤 우중충한 사진을 본 느낌이다. 화면은 정밀하다. 그러나 꿈 같은 화면이다. 카프카는 꿈을 그릴 때조차 리얼리즘을 잊지 않고 있다. 그리하여 독자는 더 당황한다. 아마카프카는 훌륭한 사진사이면서도 현상하여 인화한 사진을 제시하지 않고 사진 원판을 그대로 제시한 모양이다. 원판을 보고 사물과 인간의 모습을 알아낼 만한 눈을 가진 고객은 없는 것이다. 아마도 숙련된 사진사 자신만이 인화하기 전에 그것이 잘된 사진인지 잘못된 사진인지 판별할 수 있으리라.

옮긴이

프란츠 카프카 연보

1883년   7월 3일, 오스트리아-헝가리 제국에 속한 보헤미아 왕국
(지금의 체코)의 수도 프라하에서 독일어를 쓰는 유대인 중
산층 가정의 장남으로 태어남.

1889~   독일계 소년학교(4년제 초등학교)에 다님. 누이동생 가브
1893년   리엘레, 발레리에, 오틸리에가 태어남. 카프카는 오틸리
에와 특히 친하게 지냈고 훗날 세 여동생은 아우슈비츠
수용소에서 사망함.

1893~   알트슈타트 독일계 국립 김나지움(인문 중고등학교)에
1901년   다님.

1901년   가을, 프라하에 있는 독일계 카를 페르디난트대학교에 입
학. 처음에는 화학을 공부하다가 독문학, 미술사학, 법학
을 수학함.

1902년   가을, 뮌헨 여행에서 앞으로 독문학을 전공할 계획을 세

웠으나 가족의 기대에 부응하기 위해 프라하에서 법학 공부를 이어감. 그 무렵 평생의 벗이 될 막스 브로트를 만남.

1906년 알프레트 베버(정치경제학자 막스 베버의 동생)의 지도하에 법학 박사학위를 받음. 이후 프라하 법원에서 법률 시보로 1년간 수습 기간을 마침.

1907년 첫 직장인 이탈리아계 민간 보험회사에 취직해 약 9개월 근무함.

1908년 3월, 문예지《히페리온》에 8편의 산문을 발표. 7월, '보헤미아왕국 노동자재해보험공사'로 직장을 옮겨 1922년 퇴직하기까지 14년 동안 낮에는 법률가로 근무하고 밤에는 글쓰기에 몰두함.

1911년 첫 장편소설《실종자(Der Verschollene)》집필에 착수하지만 이듬해 원고를 파기함. 이 작품은 훗날 막스 브로트가 '아메리카(Amerika)'라는 제목으로 1927년 출간함.

1912년 9월, 단편 〈판결(Das Urteil)〉 집필, 펠리체 바우어를 만남. 다시《실종자》집필에 착수해 첫 장인 〈화부(Der Heizer)〉와 다섯 장을 완성함. 11~12월, 〈변신(Die Verwandlung)〉을 집필함.

1913년 5월,《실종자》의 첫 장인 〈화부〉가 별도로 출간됨. 막스 브로트가 발행하는 문학 연감《아르카디아》에 〈판결〉이 수록됨.

1914년 펠리체 바우어와 약혼하고 6주 후 파혼. 장편《소송(Der Prozeß)》과 단편 〈유형지에서(In der Strafkolonie)〉 집필. 제1차

세계대전 발발. 직장 필수 인력으로 징집에서 제외됨.

1915년 몇 작품의 집필을 계속 이어가는 가운데 펠리체 바우어와 재회. 〈변신〉 출간. 1913년 출간된 〈화부〉로 폰타네문학상을 수상함.

1916년 〈판결〉 출간. 단편집 《시골 의사(*Ein Landarzt*)》를 집필함.

1917년 펠리체와 두 번째 약혼. 폐결핵 진단을 받고 펠리체와 파혼. 보헤미아 취라우에 사는 여동생 오틸리에의 집에서 지내며 일명 《취라우 아포리즘》을 씀.

1918년 종전. 체코슬로바키아공화국 성립. 율리에 보리체크를 만남.

1919년 〈유형지에서〉 출간. 율리에 보리체크와 약혼하지만 결혼식 직전에 취소. 단편집 《시골 의사》 출간. 아버지와의 오랜 갈등을 계기로 '아버지에게 드리는 편지'를 씀.

1922년 장편 《성(*Das Schloß*)》 집필 시작. 단편 〈단식 광대(Ein Hungerkünstler)〉 집필함.

1923년 여름, 도라 디아만트를 만나 교제를 시작하고 9월에 베를린으로 이주. 단편 〈작은 여자〉와 〈굴〉을 씀.

1924년 3월, 건강 상태가 악화해 막스 브로트가 카프카를 프라하로 데려옴. 마지막 작품 〈가수 요제피네 또는 쥐 종족〉을 집필. 여러 차례 요양소를 옮겨다니며 단편집 《단식 광대》 원고를 교정함. 6월 3일, 오스트리아 빈 근교 호프만 요양소에서 세상을 떠남. 6월 11일, 프라하 신유대인공동묘지에 안장됨. 카프카는 막스 브로트에게 모든 유고를 불태워

달라는 유언을 남겼으나, 유언에서 제외된《단식 광대》는 8월, 단편집으로 출간됨.

1925~ **1927년**	막스 브로트가 1925년에《소송》을 출간하고 이듬해에 《성》을 출간함. 이어서 1927년에는《실종자》가 '아메리 카'라는 제목으로 출간됨.

옮긴이 **이덕형**

서울대학교 사범대학 영어교육과와 동 대학원을 졸업했다. 이화여자고등학교, 동성고등학교, 서울사대부속고등학교 교사로 재직하고, 서울대학교 강사와 연세대학교 교수를 역임했다. 편저로《한 권으로 읽는 세계문학 60선》이 있고, 역서로 콜린 맥컬로의《가시나무새》, J. D. 샐린저의《호밀밭의 파수꾼》, 월터 페이터의 《페이터의 산문》,《르네상스》, 존 업다이크의《센토》,《돌아온 토끼》, 올더스 헉슬리의《멋진 신세계》, 존 파울즈의《프랑스 중위의 여자》, 토머스 로저스의《20세기 아이의 고백》, 캐서린 맨스필드의《가든 파티》, 그레이엄 그린의《천형》, 유리 다니엘의《여기는 모스크바》, 펠릭스 잘텐의《밤비》, 헨리 데이비드 소로의《월든》, 이솝의《이솝 우화》등 다수가 있다.

변신·시골 의사

1판 1쇄 발행 1973년 2월 25일
4판 1쇄 발행 2024년 9월 10일

지은이   프란츠 카프카 │ 옮긴이   이덕형
펴낸곳   (주)문예출판사 │ 펴낸이   전준배
출판등록   2004. 02. 11. 제 2013-000357호 (1966. 12. 2. 제 1-134호)
주소   04001 서울시 마포구 월드컵북로 21
전화   393-5681 │ 팩스   393-5685
홈페이지   www.moonye.com │ 블로그   blog.naver.com/imoonye
페이스북   www.facebook.com/moonyepublishing │ 이메일   info@moonye.com

ISBN 978-89-310-2366-4 04800
ISBN 978-89-310-2365-7 (세트)

■ 문예세계문학선

(뒷면 계속)